# 花香小镇

安房直子经典童话

［日］安房直子 著

彭懿 译

少年儿童出版社

果麦文化 出品

# 目录

小鸟和玫瑰 / 001

黄围巾 / 017

花香小镇 / 033

不可思议的文具店 / 047

秋天的声音 / 059

桔梗的女儿 / 071

响板 / 087

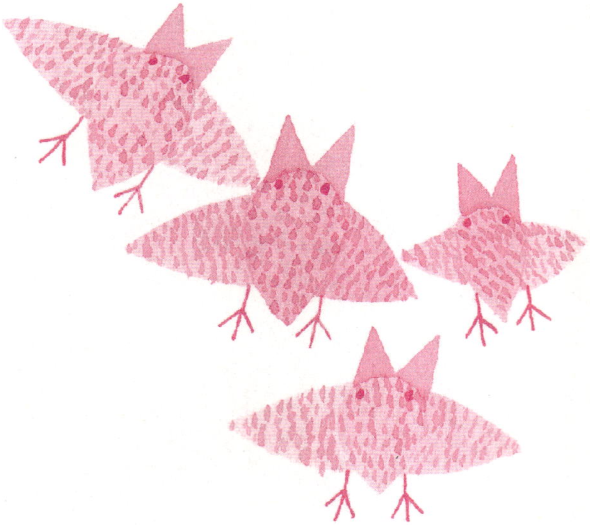

# 小鸟和玫瑰

少女突然一阵头晕。
啊啊,是谁在对我施魔法。
是的,是在施魔法……我必须马上回去……
想归这样想,
但少女却停不住自己的腿了。
腿变得像木偶一样。

某个春天的正晌午。

一条飘溢着嫩叶与花的芬芳的小道上,两个少女正在打羽毛球。

一个是高高的大个子,另外一个是瘦瘦的小个子,不过两个人却是同岁。

羽毛球那白色的羽毛,一碰到大个子的球拍,就宛若被暴风雨刮走的小鸟一样,猛地飞了起来;可一碰到小个子的球拍,却好像春风里的花瓣一样,只是轻轻一弹。

"嗨,用力打呀!"

小个子少女又把一个高得过头的球接丢了,大个子少女冲她训斥道。小个子少女腾地往上一蹦,用力猛挥球拍,但球快得如同燕子一般,好几次都没接住。后来,是第几个回合了,大个子少女打出的球,呼啸着飞进了右手边的树篱笆里面。

大个子少女瞪了小个子少女一眼:

"喂,你看!

"到底把球打到别人家里去了吧?那是个新球啊,昨天才买的。"

"可……"小个子少女才说了这一个字,就沉默不语了,她不知道该怎样说才好。沉默了片刻,她竟觉得是自己错了。

"对不起,我去捡回来。"

说完,少女就沿着树篱笆,找起这户人家的大门或是屋后的栅栏门来了。

可是浓绿的树篱笆没完没了，就没有一个缺口。朝前走啊，走啊，连一扇小小的栅栏门也没有。这究竟是怎么一回事呢？少女想。这被高高的树篱笆围起来的宅邸，究竟是谁的家呢？少女还从来也没有想过。

（说不出为什么，有点叫人不寒而栗呢！）

想到这里的时候，少女在脚边的树篱笆上发现了一个小小的豁口。是一个小孩子弓紧身子，勉勉强强才能钻进去的洞。

（说不定，我也许能钻进去。）

小个子少女蹲了下来，用两手撑住地面，把头伸到了树篱笆里。然后，少女肩膀一缩，就像一只猫似的，"嗖"地一下钻到了树篱笆的里面。

一钻进这不可思议的院子，少女就一屁股坐到了树篱笆里面，打量起这另外一个世界来了。

这么一个明亮晃眼的春天的正晌午，唯有这个院子像海底一样。院子里，大树成林，地面上铺满了一层青苔。与其说是一个院子，还不如说它是一片寂静无声的大森林。而且，就没有看到类似于"房子"的建筑。少女变得不安起来。她想快点找到羽毛球，快点出去。于是，她悄悄地站了起来，顺着墙根走去。

（就是这里呀！）

少女一边走，一边找起羽毛球来。有白色的东西飘落下来，可不过是凋谢的白玉兰的花瓣。

"找到了吗？"

大个子少女在树篱笆外面问。

"还没有。"

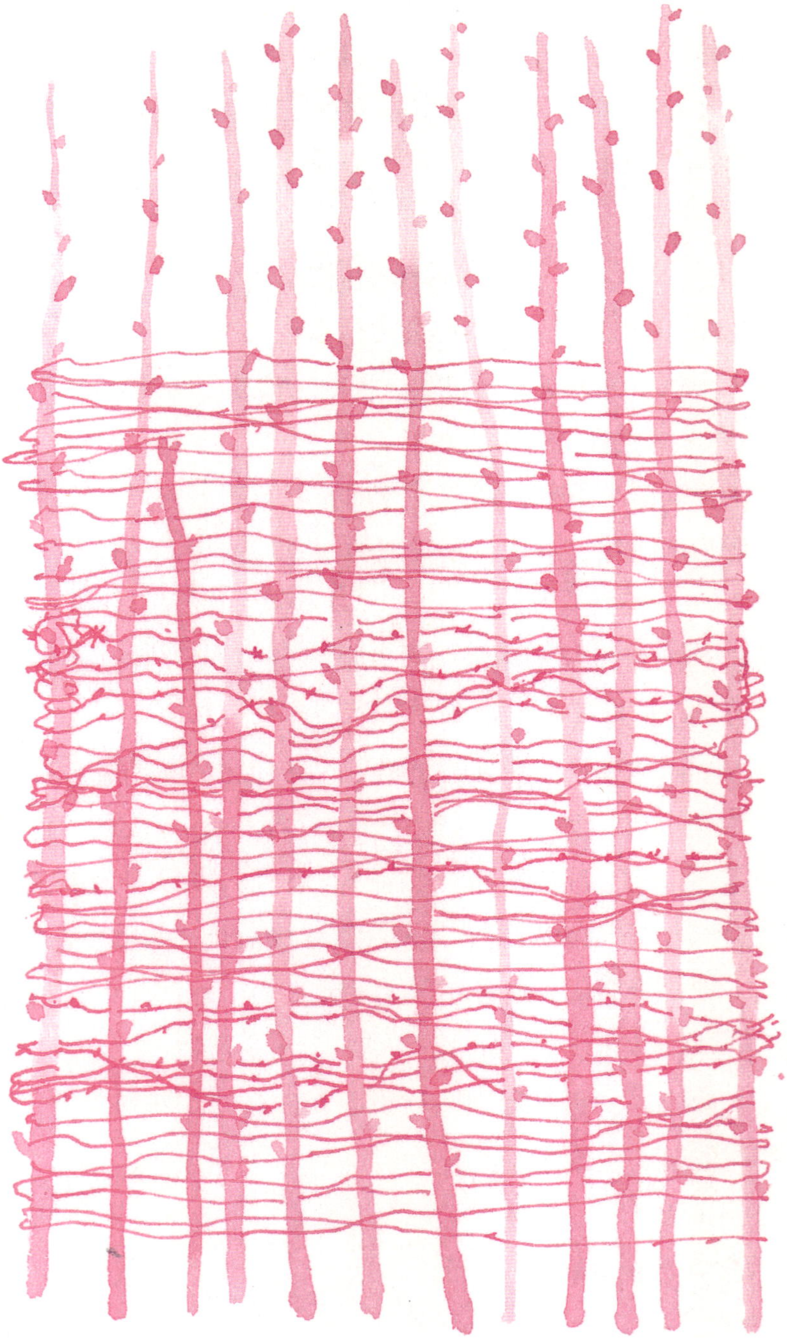

小个子少女在树篱笆里面这样答道。奇怪，她歪着头想。

就是掉到这一片了呀……

然后，少女猛地一下仰起了脸，看到白色的羽毛球卡在了稍远的一棵山茶树的小树枝上了。

"找到了，找到了，怎么卡在了那里？"

小个子少女正这么叫着，那个羽毛球突然抖动了一下。少女想，是风吹的吧！可是，羽毛球没有掉到地上，而是轻飘飘地飞到了空中。

（咦咦？）

少女怀疑起自己的眼睛来了。

千真万确，白色的羽毛球变成了一只小鸟，飞上了天空，消失在了院子的深处、再深处。

（哇啊……）

小个子少女发出了一声尖叫，开始追起变成小鸟飞走的羽毛球来了。

（等一等，等一等，到什么地方去呀……）

少女突然一阵头晕。啊啊，是谁在对我施魔法。是的，是在施魔法……我必须马上回去……

想归这样想，但少女却停不住自己的腿了。腿变得像木偶一样。

被一股魔力操纵着，到底跑了有多远呢？待清醒过来时，少女发现自己已经置身在这片大森林当中的玫瑰花丛里了。盛开着的数不清的大朵红玫瑰，在风中摇晃着。蜜蜂在上面歌唱。

那只不可思议的白色小鸟飞翔在花和树之间，一会儿高，一会儿低。少女睁大了眼睛，生怕把小鸟看丢了。

可蓦地传来了一声枪响,"砰!"正飞着的小鸟,"啪"地一头栽到了青苔上面。

一瞬间,少女被吓得呆在那里不会动了。

(鸟被打下来了……可它明明是一个羽毛球,怎么会流血……)

少女眼看着一股鲜红的血,从被打下来的小鸟的胸口流了出来,她怕了,战栗地眺望着。

这时,绿色的树枝哗啦啦一阵摇动,一个少年突然出现在了少女的眼前。少年穿着蓝色的毛衣、蓝色的裤子,扛着一杆长枪。可沉甸甸的、黝黑锃亮的长枪,怎么看,也与这个纤弱、面色苍白的少年不配。尽管如此,少年的枪法还是让少女吃了一惊,他竟然一枪就能把飞鸟击落!

"这鸟,是你打下来的吗?"少女小声问道。

少年露出一口白牙,得意地点了点头。

"真厉害!"

少女直勾勾地瞅着青苔上的小鸟。不料少年却弯下身子,一把抓住了小鸟的爪子,快乐无比地说:

"一起来吃吗?"

什么?少女用眼睛问道。少年把小鸟高高地拎了起来:

"这鸟,才好吃哪。我妈妈会用它做成小鸟馅的馅饼,你来吃吗?"

说完,扭头便走了。少女一边在后面追,一边在心底里叫开了:不对!不对!

不对……那是羽毛球……

可少女的腿,依然还是木偶人的腿。无论走到哪里,无论走到哪里,总是被一股魔力拖着往前走。

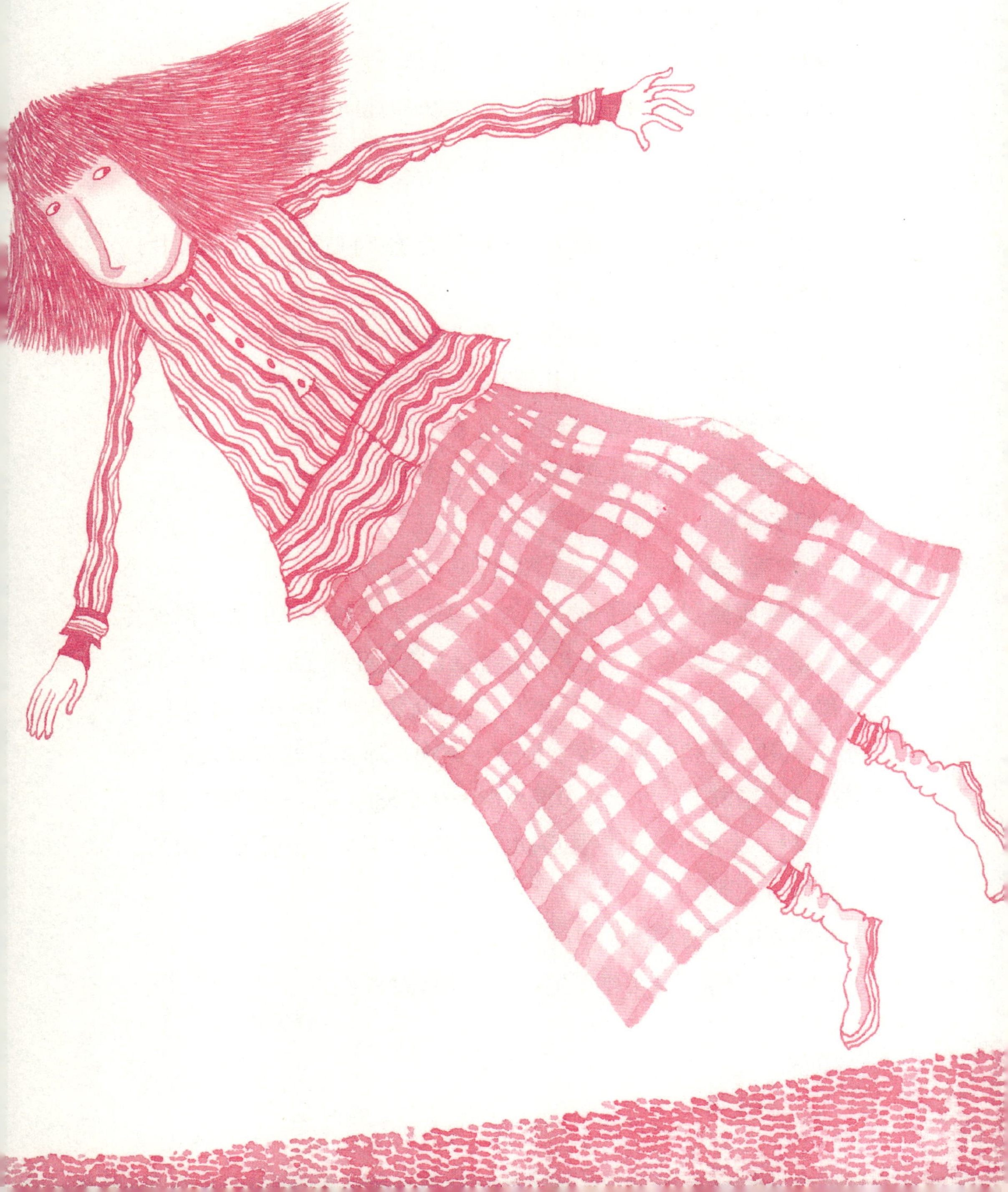

"这里，是你家的院子吗？"

少女一边走，一边问。

"是的呀，我和妈妈住在这里。"

少年一边扛着长枪往前走，一边回答道。

"可是，房子到底在哪里呢？"少女失望地问。

少年回答道：

"穿过森林就是了。"

好吧，就算是吧，少女想，可树篱笆怎么围得下这么一大片广阔的森林呢？不是有点蹊跷吗……

森林里，有一条小河流过，有粗大的银杏树，还有精巧的假山。正在吃惊，少女又看到了好几个小小的玫瑰园，玫瑰花开得正烈。少年一看到凋谢了的花瓣，就捡了起来，说：

"要是把玫瑰的花瓣也掺到馅里，才好吃呢！"

"真的？"

"真的呀！妈妈一直是这么做的呀。"

少女的眼睛放出了光彩。虽然是头一次听到这样的话，但少年一说，就全都信以为真了。少女从青苔上捡了好些光润的红玫瑰的花瓣，放进了兜里。这么一来，少女的心又渐渐地明朗、高兴起来了。

如果用小鸟和玫瑰做成了馅……啊啊，那肯定就能做成春天的森林一样的馅饼了！少女一边像小鹿一样欢蹦起来，一边对少年说：

"我呀，个子小，不擅长运动，又胆小，其实是一个最没用的女孩了！"

想不到少年笑了起来：

"没事，没事。只要吃了馅饼，就全改过来了。"

啊啊，如果真能那样……少女想。也许真的会那样。要是吃了有魔力的馅饼，我就一定会变成一个非常漂亮的女孩子了！高高的个子，又擅长运动，变成了一个非常开朗的女孩子……

少女的脸蛋上都放光了。

"我想快一点吃小鸟和玫瑰做成的馅饼啊！你的家，在什么地方？"

正这么叫着的时候，少女的前方一下子明亮起来了。森林结束了。紧接着的，是一大片草地。

草地的正当中，是一幢巨大的木头房子。房子的前面，是一个用砖头砌成的炉子。炉子的前面，是一张木头的大桌子。桌子上还摆放着闪烁发光的银餐具——几个钵、菜刀、餐刀和盘子。它的前面，站着一个脸及体形都酷似少年的女人。她正在和面。长长的头发和长长的裙子在风中轻轻地抖动着。瞧见两个人走了过来，她微微一笑，说：

"来，把小鸟和玫瑰拿出来，放到这里吧！"

桌子上有一个银的馅饼盘。馅饼盘上，铺着一片擀得薄薄的馅饼皮。少年毫不迟疑地把玫瑰的花瓣铺了上去，又把死了的小鸟，搁到了花瓣的上面。少女也从兜里把玫瑰的花瓣掏了出来，盖在了小鸟的身上。

一个肃穆而凄美的仪式——

死了的小鸟，被一片片红玫瑰蒙了起来，看上去是那么的幸福。

这就是馅饼的馅了，少年的母亲把另外一张圆圆的馅饼皮，盖到了它的上面。其他的馅饼，也都是同样的做法。她又用叉子在表面上扎了几个洞，刷上厚厚的一层蛋液，然后送进烤箱——

砖炉上的旧烤箱，已经非常热了。少年的母亲"乓"的一声关上门，就唱起咒语一般的歌来了：

"小鸟和玫瑰，

小鸟和玫瑰，

火和热和森林的风，

溶化吧，溶化吧，甜甜的蜂蜜，

溶化吧，溶化吧，黄色的奶油。"

因为这首歌有一种不可思议的节奏，听着，听着，少女的一颗心就彻底地变得快乐起来了。

等待馅饼出炉的那段时间，少女天真地追起蝴蝶来了。看上去，简直就像是这户人家的小女儿似的……

就这样，过去了有多长时间呢？

"啊，烤好了哟！小鸟和玫瑰的馅饼烤好了哟！"

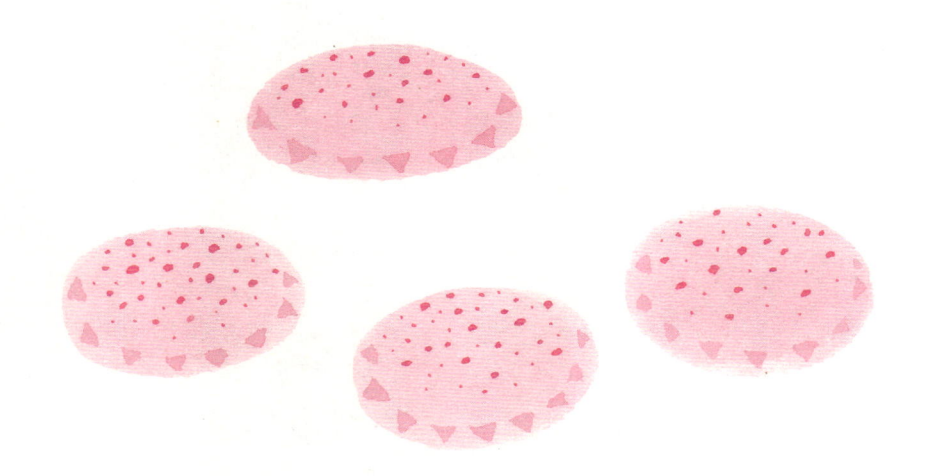

耳边冷不防响起了这样一个声音,少女不追蝴蝶了。少年就站在少女的背后,双手捧着烤好的馅饼,一双交织着温柔与不安的茶色的眼睛,直勾勾地望着少女。

烤得焦黄的馅饼,飘出一股奶油和玫瑰的香味。少女不由得又是一阵头晕。少女从少年的盘子里抓起馅饼,送到了嘴里。连少女自己也弄不明白了,怎么会这么粗野地狼吞虎咽呢?不过,这馅饼实在是太好吃了,吃了第一口,就再也停不下来了,非得吃到最后一口不可。

馅饼有一股花的香味和奶油的香味。而且,明明摆到馅饼的馅里的小鸟的尸骸——却没有了。小鸟的羽毛、骨头以及两只坚硬的鸟爪,都像魔术一样地消失了。代替它们的,是一块块柔软的鸟肉。

吃完了小鸟和玫瑰馅的馅饼,少女的心中宛如拥有了一片美丽的春天的森林。少女坐到了草地上,闭起眼睛。这时,少年的母亲在她的耳边喃喃地说:

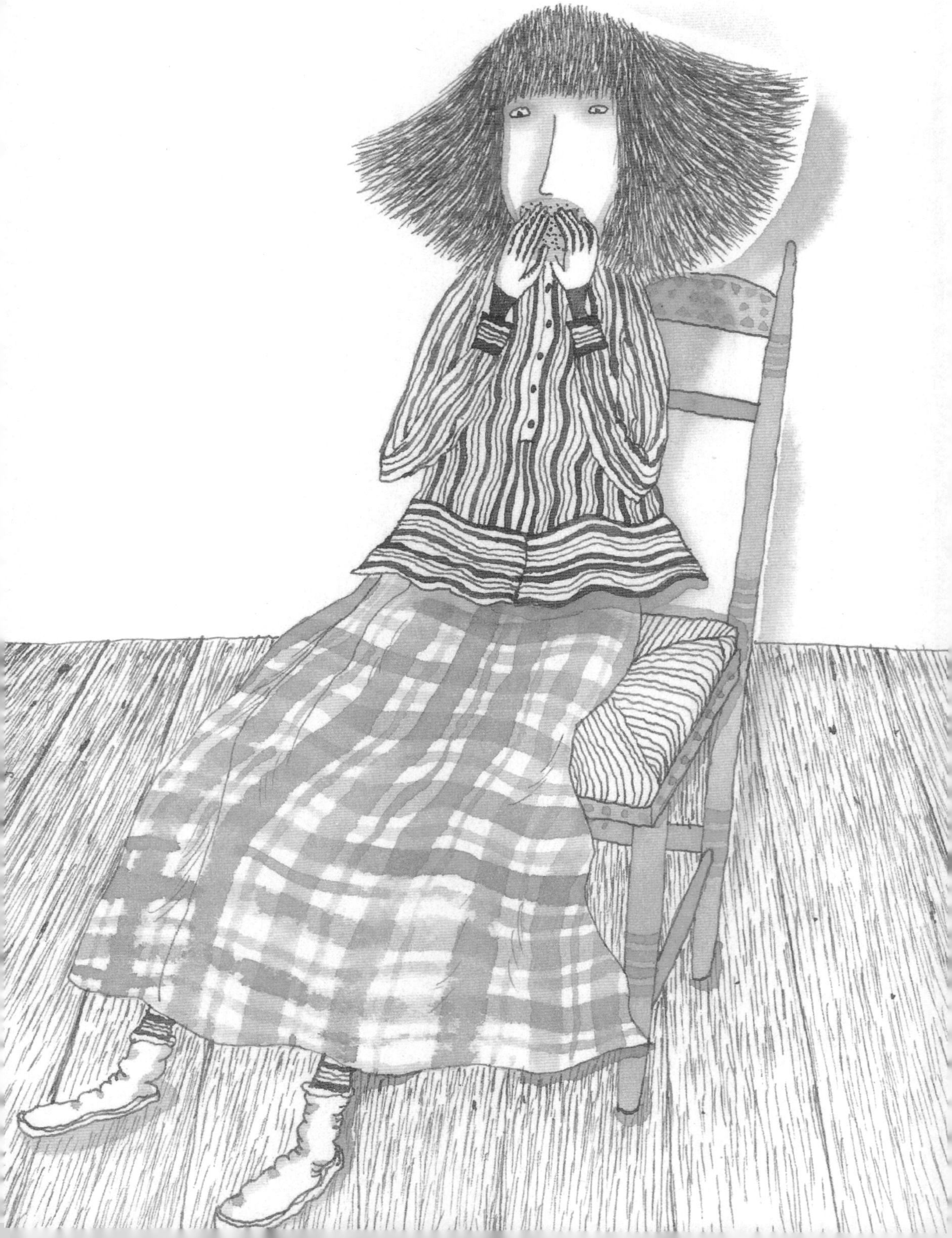

"要是困了,就到屋里去睡吧,屋里有睡起来很舒服的床啊!"

她抓住少女的手,把少女扯了起来,少女被领到了那幢很老的木头房子里面。

潮湿的、透着一股霉味的房子里面,有一间小小的房间。

"那么,就在这里睡一觉吧!"

这间房间的墙壁也好,地毯也好,都是玫瑰的颜色。窗户和床,当然也是玫瑰的颜色了。

"这房间真好……"

少女陶醉了一般地自言自语着。真想在这样的房间里睡一觉啊,少女一边这样想,一边钻进了被窝里。被子有一股好闻的味道,好像也是由玫瑰的花瓣做的。

"什么都是玫瑰……"

少女在被窝里伸直了身子。顿时,觉得整个人仿佛一下子飘到了空中。一闭上眼睛,就看到了数不清的花瓣。花瓣从上面落了下来,一片接着一片,简直就恍如是一场淅淅沥沥的雨……少女伸出双手去接花瓣。花瓣却在少女的手上、脸上、身子上堆积起来了。到后来,就像刚才的那只小鸟一样,少女被玫瑰的花瓣埋住了……

笃笃,有谁在敲窗户。

笃笃、笃笃……

然后,就"咯嗒咯嗒"地响起了摇晃窗框的声音……

"哎哎?"

少女吓了一跳,从床上一跃而起。

"谁?"

下了床，向窗边走去，"呼啦"一声拉开了窗帘，外面是那个少年的脸。

"不要睡觉！"

少年憋住声音叫喊道。

"快逃吧！从这里跳出来，逆着刚才穿过森林的那条道，一直往回逃！然后从树篱笆的那个洞钻到外面去！"

这太不可思议了，少年贴着眨巴着眼睛的少女的耳朵，轻声说：

"这是我妈妈的魔法哟！吃了小鸟和玫瑰馅的馅饼的少女一睡着，就会变成玫瑰树了！"

"玫瑰树……"

"是的。变成一棵树苗。明天早上，妈妈就会把树苗栽到院子里。这样，院子里就又多了一个玫瑰的新品种。

"不过，如果你现在从这里逃出去，逃到篱笆的外面，就得救了。不但能得救，你还能变成一个像小鸟一样明朗、像玫瑰花一样美丽的女孩。喂，你逃还是不逃？"

少女脸色苍白地朝窗户上爬去。少年催促道：

"快点！从这里跳出去！"

少女使劲点了点头，轻巧地跳到了院子里，然后就奔了起来。

少女奔得就像是一只兔子。

于是，绿色的森林旋转起来了。正在开花的真的玫瑰树放声尖笑起来了。

（不好，不好，玫瑰要告密。）

少女跨过小河，钻到了巨大的银杏树的下面。像是光着脚踩在天鹅绒上一样，少女好几次都差一点因为地面上的青苔滑倒。

啊啊，那个女人又在施魔法了，少女想。少女觉得自己的身体正在变成一棵玫瑰树。身体渐渐地变硬了，可是头发却散发出一股好闻的气味……

呀，快、快……

少女用几乎要变成了玫瑰树的腿，不停地跑着。终于穿过了森林，在尽头看到了那堵熟悉的树篱笆，还有那个让人怀念的小洞。

（啊啊，得救啦……）

穿过树篱笆的时候，那个少年的蓝毛衣，突然又浮现在了少女的眼前。


"你怎么这么慢哪！"

拿着羽毛球拍的大个子少女，站在小个子少女的面前。四下里，依然还是春天的正晌午。

"你到底干什么去了？找个东西也这么笨！"

大个子少女用刁难的目光，死死地盯住了小个子少女。而这时，不用照镜子，小个子少女就知道自己的脸已经变成了玫瑰色，眼睛变得水灵灵，皮肤变得光润发亮了。

"找到羽毛球了吗？"

这么一问，小个子少女高声快乐地回答道：

"找到了。不过，被我吃掉啦！"

然后，小个子少女就丢下大个子少女，跑了起来。

一边跑，小个子少女一边清清楚楚地感到自己变得像玫瑰花一样美丽、小鸟一样明朗了。

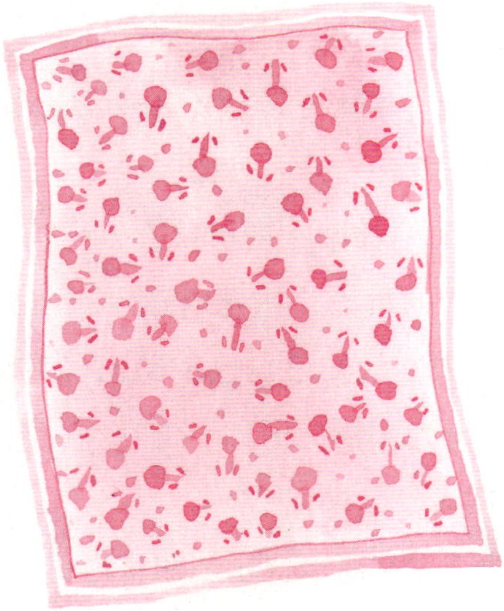

# 黄围巾

于是怎么了呢？
只见从四面八方遥远的天空上，
黄色的鸟儿集中到了一起，
落到了老奶奶的手上和肩上。
那数目，
已经多得都数不过来了。

晨报上刊登了这样一篇文章，说是外出的时候，带上一条大的真丝围巾，特别方便。

说是刮大风的时候，大真丝围巾可以蒙在头上；天冷的时候，可以叠成三角形披在肩上；而在小小的派对上，如果装饰在领口，就是再一般的衣服也会格外显眼。

老奶奶一边"嗯嗯"地点头，一边念着那篇文章。是这样啊，她想，那么让我也来试试看吧！老奶奶摘下眼镜，站起来，急忙打开了五屉橱。

五屉橱里，有一个漆成红色的手匣。那里头，装着五颜六色的碎布头。而在它的最下面，轻柔地睡着一条鲜艳得晃眼的黄围巾。

"就是它啊！"

老奶奶把围巾取了出来，在膝盖上打开了。接着，就发自内心地想：过去的东西到底是不一样啊！

这是一条地地道道的真丝围巾。光洁美丽，摸上去是一种湿润的感觉，用手一握，稍稍有那么一点温热。老奶奶把围巾折得小小的、小小的，收到了手提包里。

真是奇怪了。老奶奶的心一下子变得明亮起来，忍不住想要去什么地方走走了。

"去什么地方呢？"

老奶奶朝窗子外面望去。

已经快要到春天了。院子里的细柱柳的银色的芽，闪着湿润的光。老奶奶兴冲冲地换上了新的连衣裙。是浓橄榄绿色的毛织品。当老奶奶发现黄围巾与这件连衣裙特别般配的时候，就更加高兴了。

（这种时候，要是能和谁吃一顿饭就好了。）

是的。这样的日子，要是有一个打个电话就能叫出来、轻松聊天的女儿的话，该是多么快乐啊……

（不过算了，还是别说那种过分的话了！我身子骨还硬朗着哪，又有房子住，钱嘛，也不愁……）

老奶奶对自己的生活很满足。她总是想：如果能这样静静地度过一生，也就没有什么话可说了。

（当然了。我是一个幸福的人呀！）

老奶奶点点头。然后，出了家门。

在街上的林荫道上慢慢地走着，风吹了过来，吹乱了老奶奶的头发。老奶奶用一只手按住头发，想起了手提包里的围巾。

（是啊是啊，就是这样的时候，才要用丝围巾啊！）

老奶奶莞尔一笑，把黄围巾掏了出来。她把它打开，叠成了一个三角形，然后，把头发紧紧地包了起来。

（什么样的感觉呢……）

因为没有镜子，多少有点担心，不过老奶奶感觉自己仿佛年轻了许多。老奶奶回忆起了从前穿着比现在穿的不知要鲜艳多少的绿衣服、脖子上系着这条围巾到处走的日子，那就好像是昨天的事情。

（那时候真快乐啊！我又年轻，又漂亮，是一个像水仙花一般的姑娘啊……）

一边这样想着，老奶奶一边冲着经过的洗衣店的玻璃窗里照了

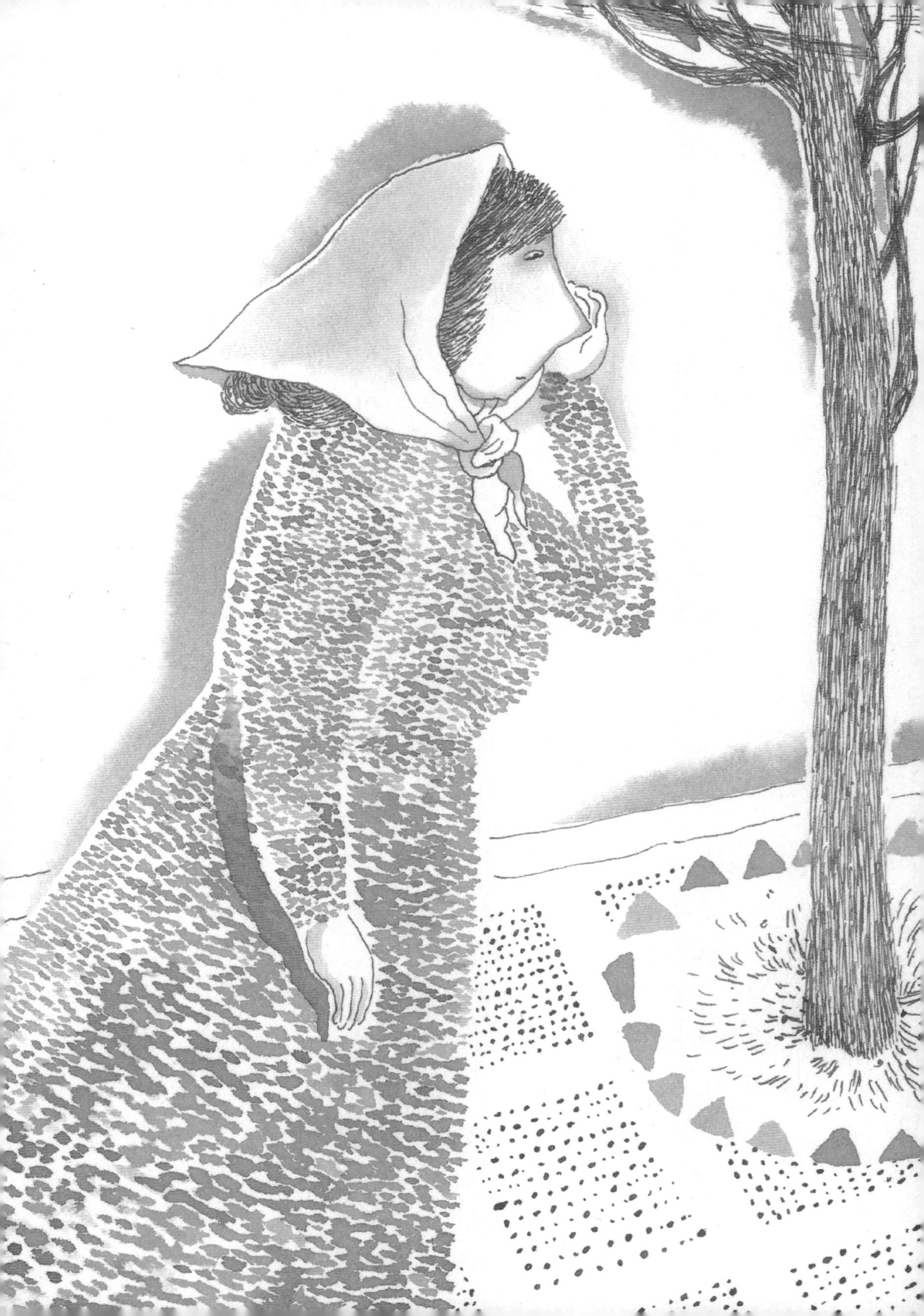

一下。然后，脸立刻就涨得通红。

（再怎么说，这也太鲜艳了！就像头上顶着一百只金丝雀在走路似的，简直是疯了……）

老奶奶连忙把黄围巾扯了下来，乱七八糟地揉成了一小团儿，扔到了包里。

（都这么大岁数了，怎么还干这种事？）

老奶奶慌里慌张地朝四周看去。谢天谢地，一个人也没有碰上！

（哎哎，可还是羞死人了！）

这是一个脆弱的老奶奶。一边匆匆地走，老奶奶一边羞得恨不得找个地缝钻进去。

"都是老人了，不能再拿那样的话当真了。"

老奶奶嘟囔了一句。

然而，就在这个时候，突然从包里传来了这样一个声音：

"打开，打开！"

"咦？"

老奶奶吃了一惊，把自己的手提包举了起来。今天又没带半导体收音机……

老奶奶把手提包贴到了耳朵上。于是，方才的那个声音这样说道：

"打开，打开，

在草上打开。
这样乱七八糟地揉成一团儿,
喘不过气。"

这下,老奶奶听清楚了。这确实是那条黄围巾的声音。于是,老奶奶说:

"知道了知道了,请等一下。"

然后,她就朝公园跑去。老奶奶的心,又变得明亮起来了。晴天转阴天,然后又是晴天。

对呀,围巾也有这样的使用方法啊……

到了公园,老奶奶朝着大樱花树下的草地上跑去。包里的围巾又唱了起来:

"打开,打开,
在草上打开。"

老奶奶坐到草地上,悄悄地打开了手提包。

"知道了知道了,让你久等了。"

她把乱七八糟地揉成一团儿的围巾,整整齐齐地打开了,轻轻地铺到了草地上……那黄黄的颜色,是那样的鲜亮,就仿佛是从早上的阳光上切下来的一个正方形似的。

老奶奶把手提包轻轻地放到了围巾的边上。只听围巾说:

"橘子和薄烤饼。"

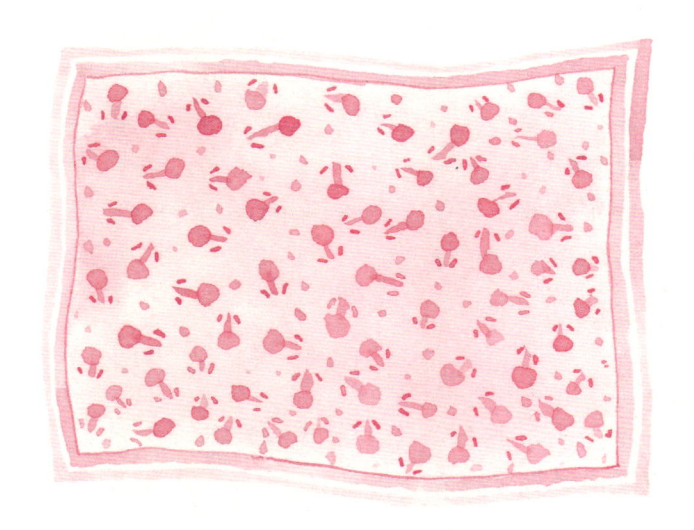

咦，在说什么哪？老奶奶还在眨眼睛，黄色的橘子和黄色的薄烤饼，已经出现在黄围巾的上面了。橘子是刚摘下来的，薄烤饼是才烤出来的，哪一个都是真的。

"请尝一尝吧！"

围巾说。老奶奶感激万分地说：
"谢谢。"
然后，她就慢慢吃起了薄烤饼，吃起了橘子。薄烤饼又热又松软，橘子又酸甜又爽口。
"谢谢你的款待，围巾。"
吃完了，老奶奶这么一说。围巾说：

"叠起来，叠起来，
叠成一个三角。"

"哎呀，这回要干什么呢？"
老奶奶把围巾叠成了一个三角。围巾说：

"系起来，系起来，
系到树枝上。"

老奶奶把围巾系到了樱花树的树枝上。

在春天的晨风中，围巾轻飘飘地鼓了起来，如同一大朵黄玫瑰。

围巾黄玫瑰发出了一股好闻的味道。给阳光一照，像是要有金粉扑簌簌地落下来了似的，老奶奶陶醉地闭上了眼睛。

于是……她感觉好像是来到了春意正浓的静静的玫瑰园里。

这是过去，当老奶奶还是一个小女孩的时候，母亲带她来过的一座玫瑰园。是一座有人在什么地方，一遍又一遍地弹着《致爱丽丝》的玫瑰园。这时候，老奶奶穿着黑色的天鹅绒的外出穿的衣服，穿着黑色的闪闪发亮的鞋子。衣服上、鞋子上，都落满了黄色的花瓣。玫瑰花也会像崩溃似的散落一地呢！那时候老奶奶就想。黄玫瑰最后也不蔫，也不枯萎，突然就谢了，这让老奶奶觉得特别不可思议。

母亲在黄玫瑰的另一头愉快地笑着。边上和她一起笑着的，是一个穿着黑衣服、头发梳得锃亮的男人。"这个人，就是你的新父亲呀！"就是妈妈刚才介绍过的那个人。

"你好。让我给你买点什么做纪念吧！"

那时，男人和气地笑着对女孩说。

"买什么都行，衣服、玩具，还是点心？"

妈妈从边上插嘴说：

"这孩子喜欢活的东西。"

"啊，是吗？那就买小猫吧？要不就买小狗？"

这时，老奶奶才头一次发出了声音：

"我喜欢小鸟。"

她小声地说，悄悄地仰起头，看见男人点了点头，说：

"那么，就买金丝雀吧！"

就这样，那天回家的路上，绕道去了一趟小鸟店，买了一只美丽的颤声金丝雀。

啊啊，可那只金丝雀怎么样了呢……黄色的卷毛颤抖着，不分白天黑夜地啼叫着的那只金丝雀……家里只剩下小女孩孤零零一个人的时候，弟弟出生、妈妈忙得团团转的时候，它总是待在身边，不停地为她唱歌的那只小鸟……

"那只金丝雀到底到什么地方去了呢？"

老奶奶嘀咕着。这时，突然从头顶上响起了这样的声音：

"集合了，集合了，
迷路的金丝雀。"

"咦？"

老奶奶吓了一跳，睁开眼睛一看，原来她正在公园的一棵大树

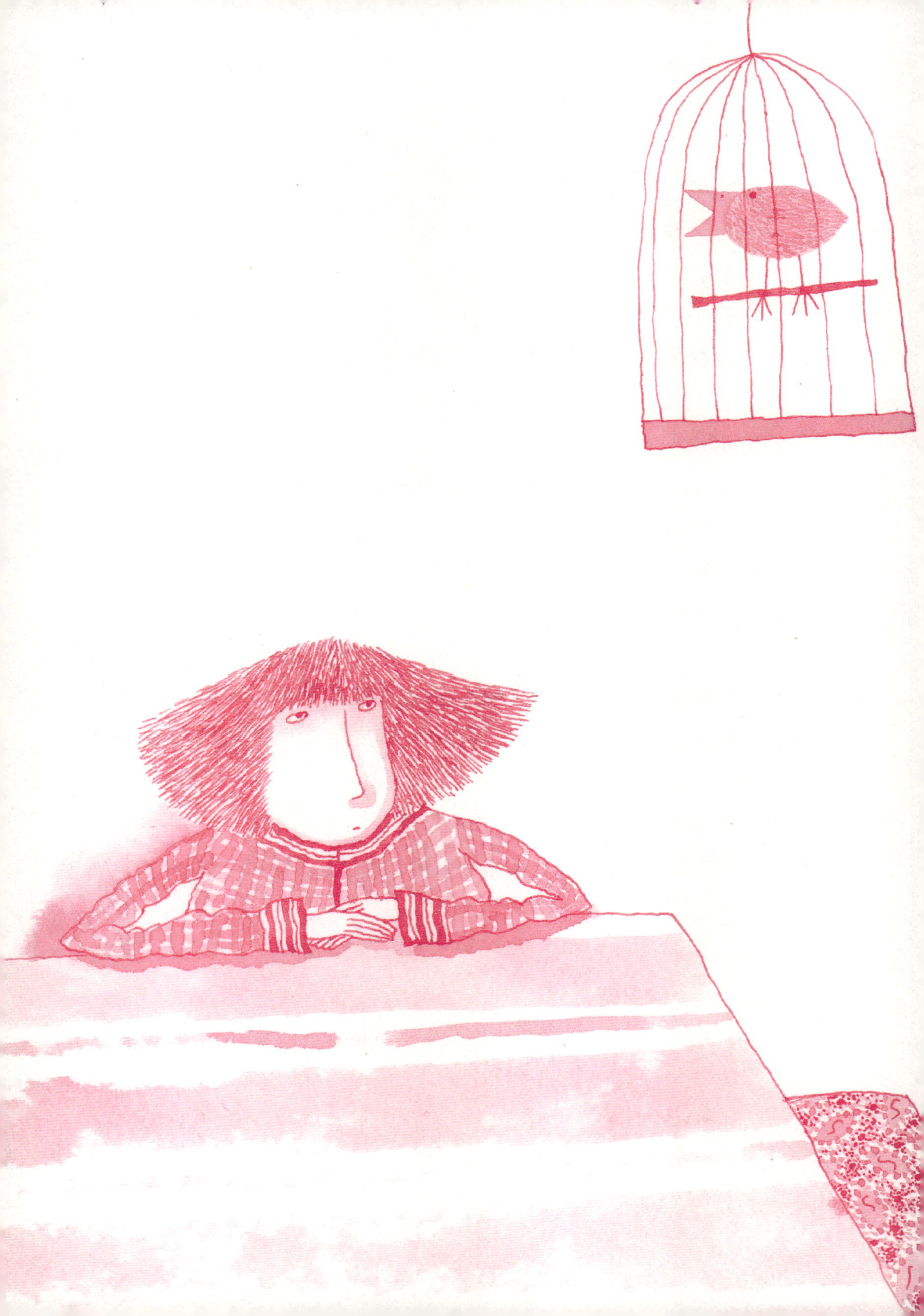

底下。系在树枝上的黄围巾一边随风起舞,一边大声地嚷道:

"集合了,集合了,
迷路的金丝雀。"

于是怎么了呢?只见从四面八方遥远的天空上,黄色的鸟儿集中到了一起,落到了老奶奶的手上和肩上。那数目,已经多得都数不过来了。

"你们来啦!你们来啦!"

老奶奶这个高兴啊,和金丝雀搭起话来了。

"我最喜欢小鸟了。从前,我也养过小鸟呀!不过,有一天晚上,那只金丝雀不知逃到什么地方去了。漆黑一片,究竟逃到什么地方去了呢?即使是今天,我仍然觉得那只金丝雀还活着,还在什么地方唱着歌似的,啊啊,现在那只金丝雀回来了。从遥远的天空,带着这么多的朋友,回到了我这里……"

金丝雀们颤抖着黄色的胸膛,为她唱起了歌。那歌老奶奶太熟悉了。竟能听得懂鸟语,真是不可思议。可是,金丝雀们的的确确是在为老奶奶唱着她喜欢的老歌。老奶奶的脸蛋上,渐渐地泛起了一层玫瑰色,心里更年轻了。连腰和脊背都挺直了。

老奶奶一边接着金丝雀的歌"哼哼"地唱了起来,一边从树枝上摘下围巾。这回,她系到了自己的脖子上。轻轻的,飘飘悠悠的,就宛如一只黄色的大蝴蝶。

这回不知为什么,她一点都不害羞了。

"好吧,迷途的金丝雀们,这回,请到我的家里来吧!让我来好

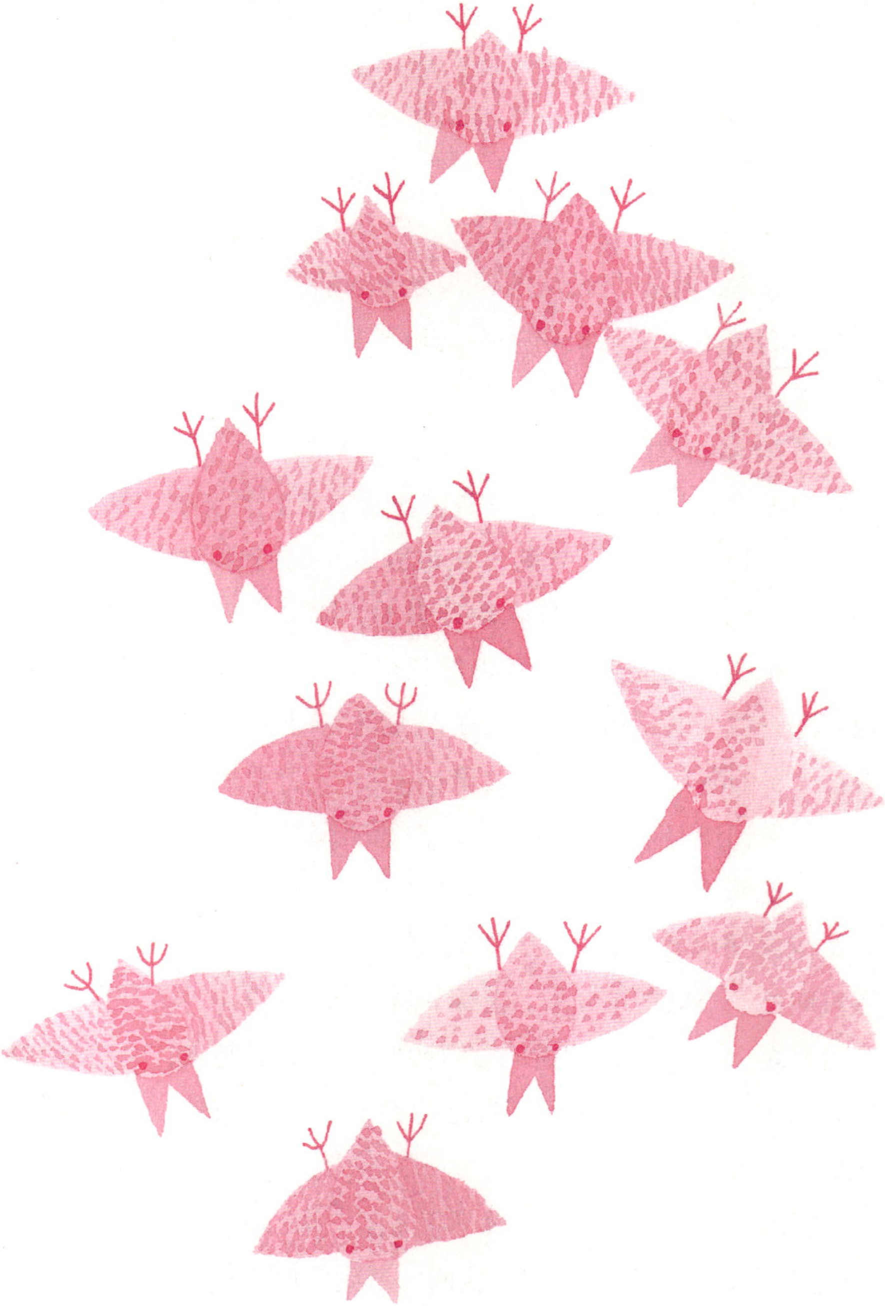

好地喂你们绿菜叶和干净的水吧!"

老奶奶用快乐的声音说,她迈开了步子。

老奶奶走出了公园,她身后跟着一大群金丝雀。

壮观的春天大游行啊!

老奶奶顺便去了一趟大街上的小鸟店,买了好多金丝雀的鸟食。然后又顺便去了一趟蔬菜店,买了好多绿菜叶。抱着一大堆东西的老奶奶的领子上,黄围巾像真的蝴蝶一样飘飘悠悠地抖动着。接着,它说出了这样的话:

"今天晚上吃布丁怎么样?"

"好哇……"
老奶奶点点头。于是,黄围巾接着说:

"一边吃像月亮一样圆的
黄色的布丁,
一边听金丝雀的歌吧。
然后把围巾挂在窗户上,
静静地、静静地睡吧。"

"噢,用围巾代替了窗帘啊!"
老奶奶算是服了。围巾的使用方法,有各种各样呢,她想。
只听围巾这样回答道:

"是啊。那样一来，月光就变成像湿淋淋的丝线一样了。就能做个好梦了。比方说，黄玫瑰的梦。"

"啊啊，黄玫瑰的梦！"
老奶奶莞尔一笑，然后发自肺腑地说：
"我是一个幸福的人啊！"

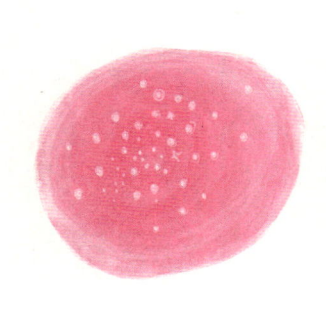

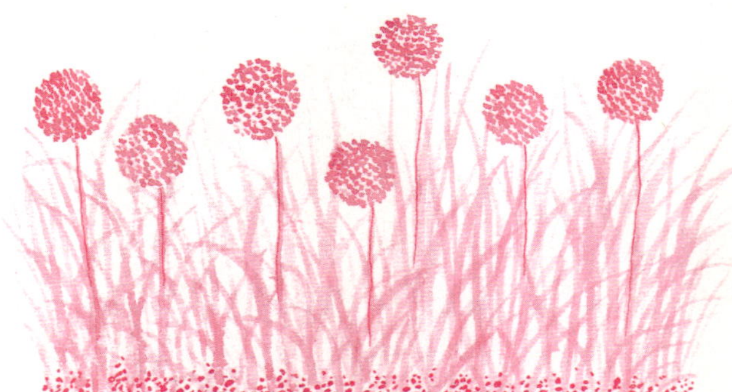

# 花香小镇

数不清的橘黄色的自行车,这会儿,正在朝天上飞去。

飘呀飘呀,就宛如是被刮上天去的无数个气球。

「喂——」

信喊了起来。

「到哪里去啊?」

（又是那样的自行车！）

信想。

真的，最近这段时间，总是看到那样的自行车。把手、脚镫子、后架子，甚至连车铃都是黄黄的橘黄色。骑在上面的，是和信年龄相仿的女孩子。

这些骑橘黄色自行车的女孩子，一个个全都眼睛放光，吹着口哨，头发在风中轻轻地飘荡着。是一群非常可爱的少女，信都忍不住想跟在后面追起来了。可是，信对班上的同学说了，同学却一脸的惊讶：

"橘黄色的自行车？我怎么一次也没有看见过呀！"

对妈妈说了，妈妈也说：

"是吗？我没注意啊！"

可信还是要想：

会不会是最近这段时间，突然开始流行起橘黄色的自行车来了？会不会是女孩子之间，非常流行骑橘黄色的自行车去郊游了……

信头一次看到橘黄色的自行车，是在秋天开始的日子。

是的，就是从现在起的大约两个星期之前。

那是一个天特别蓝、特别高，刮着干爽的风，而且四下里还充溢着一种让人想大哭一场的甜甜的花香的黄昏。

啊啊，这是什么花的香味呢？信一边想一边走。信还清楚地记得，那是一种让胸膛暖暖的、有点发痒的香味。一旦吸满了胸膛，说不出什么地方就会一阵阵地痛楚，然后，藏在身体的什么地方的某一件乐器，蓦地一下，就啜泣一般地奏响了。

（从很小很小的时候起，就是这样。到了秋天，一闻到这种香味，心底就会涌起一种小提琴一样的感觉……）

信想起来了，当他还是一个婴儿的时候，就已经知道这种香味了。

"你好！"

这时，"嗖"的一声，一辆自行车从信的左侧超了过去。

是一辆橘黄色的自行车。骑在车上的，是一个头发长长的女孩子。信一愣，呆呆地站住了。

那是谁呢……哦、哦……是谁呢？

信还没有想出来是谁，橘黄色的自行车已经笔直地、笔直地向着太阳落山的方向飞驰而去了，变小了，消失了。身边剩下来的，只是花的香味和女孩子吹的口哨声。

打那以后，信一次又一次地看到了橘黄色的自行车。

有时候，一天会看到两三辆。而且，骑在橘黄色的自行车上面的，必定是一个女孩子，当她们超过信的时候，就会招呼一声："你好！"

于是信的心，顿时就充满了那种花的香味。信真恨不得丢下书包、丢下手提袋，去追那些自行车了！

橘黄色的自行车，一天比一天多了起来。

十天过去了，信在街角的邮筒前面，看到了三辆那样的自行车。

在派出所前面、校门一带，也都看见了。还看到一个女孩子把自行车停在了鞋店橱窗的前面，一只脚踏在地上，专心致志地朝玻璃里面眺望着。还看到一个女孩子，慌慌张张地从电话亭里冲出来，跳上了自行车。不管是哪一辆自行车，都对红绿灯视而不见，向着一个方向飞驰而去。

"我好想要那家店里的红鞋子啊！"

"我想吃葡萄蛋糕！"

"我想给风打一个电话，可我没有10元钱的硬币啊！"

蓦地，信像是听到了少女们的喃喃细语声。

这天黄昏，信被打发骑自行车去买东西，当听到长头发的女孩子们冲他喊"你好"，并且超过了他时，他想，今天我一定要跟踪你们！

"等等！去哪里啊？"

信拼命地骑起自行车来。

"喂，你们去哪里啊？"

可是，女孩子们连头也不回。她们那薄薄的羽毛一样的裙子，在风中摆动着，渐渐地远去了。

等反应过来，又有一辆橘黄色的自行车从信的边上超了过去。女孩子"呲"的一声，吹起了口哨。

（哼！）

信用力蹬起脚镫子来了。

（今天我一定要查个水落石出！）

在交叉路口，又有一辆橘黄色的自行车从边上轻盈地闪了出来，和信排到了一起。走了没多久，从小巷里又闪出一辆，又闪出一辆……

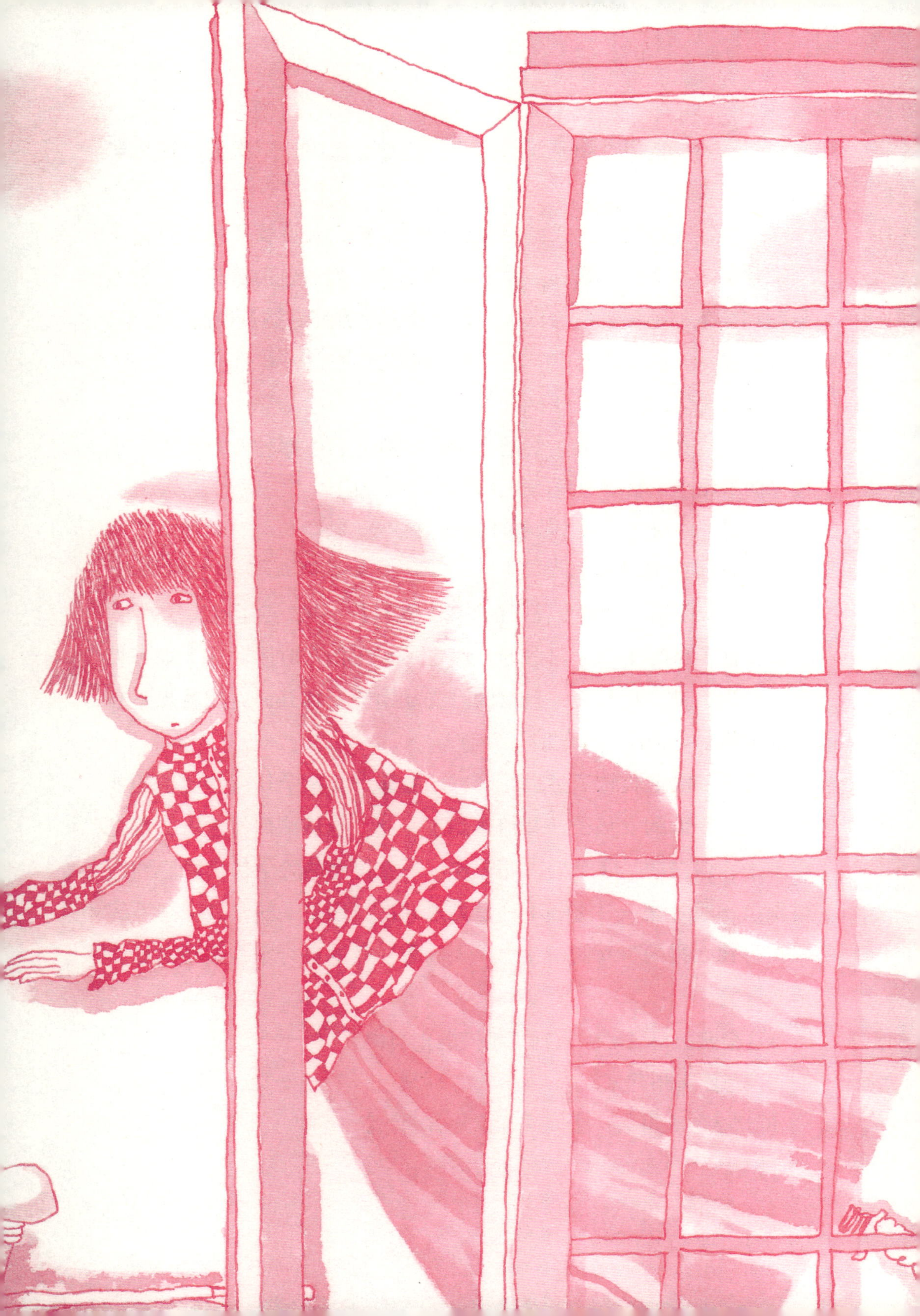

哇啊……信眼花缭乱了。今天，这是怎么啦？一次涌出这么多的自行车来——

是的，当信缓过神来的时候，他已经被一大群橘黄色的自行车包围住了。橘黄色的鞍座、橘黄色的把手、橘黄色的后架子，就连轮胎和链条都是橘黄色的！这些无论什么地方都是橘黄色的自行车，简直就像一大群红蜻蜓，向着一个相同的方向流去。

信的头猛地颤抖了一下。

也就是在这个时候，信的心中，突然充满了那种悲喜交集的小提琴的啜泣声。信不由得闭上了眼睛。

这时，他身边的一个女孩子对他耳语道：

"和我们一起去吗？"

信睁开眼睛，看着女孩子的脸，"嗯"了一声，点了点头。

女孩子胖乎乎的、白白的，像是不知在什么时候、什么地方见到过的偶人儿。但是，一旦信的目光从她脸上移开，立刻就想不起来她长的是一张什么样的脸了。

信又一次把脸转了过去，可方才的那个女孩子早就跑到信的前面去了，后面的女孩子又和信排到了一起。她从侧面看上去，也是胖乎乎、白白的，像个偶人儿一样。一张美丽的脸上仿佛隐隐约约地飘出一股香味——这些不论是见过几次，还是一转眼就会想不起来长得什么样的少女们，几十个人骑着一样的自行车，正在向什么地方赶去。

这会儿，信已经陷入到了她们的正当中。

信忽然害怕起来。

"这么一大群人，去、去什么地方啊？"

尽管强装镇静，信还是结结巴巴地问了一句。

于是，后面的一个女孩子回答他道：

"从这个坡往下下，一直往下下，能下多远下多远，要一直下到下不下去的地方！"

"下到了下不下去的地方，然后怎么样呢？"

"然后，今年就结束了呀！"

女孩子突然用一种毫不在乎的腔调说道。

"结束了……可是……"

信又口吃了。

这回，前面的那个女孩子说：

"我们，回到天上去哟！轻轻地一下就上到天上去了。于是，你心中的小提琴也就结束了！"

"小提琴……啊啊，是那件事啊！"

信微微点了一下头。于是，信身边的女孩子们一齐点了点头，说道：

"是的！"

"不论是谁，每一个人心中都有一把小提琴。今天，是那把小提琴奏响的最后的日子了。"

"啊啊……"

信接连轻轻地点了好几下头。随后，信开始一心一意地踏起脚镫子来了。踏着踏着，若干这样的秋天的回忆，就浮上了心头。

妹妹生病住院的日子。

隔壁的裕子搬到很远很远的地方去的日子。

头一次会骑自行车的开心的日子。

在原野上捡到一只小猫的日子。

不管是哪一天、哪一天，都是秋天开始的日子。然后，信心里的那把小提琴，就奏响了。

信在一大群女孩子里面，继续一心一意地踏着脚镫子。

即使是这样，走在街上的人们，也看不见信吧？而且，也看不见女孩子们的自行车群吧？

没有一个人的脸上露出不可思议的表情。人也好，车也好，和往常一样，缓缓地走走停停。不过，吹过街头的风，是让人喘不过气来的甜甜的橘黄色的风，信是知道的。而且信还知道，沿着这条道愈往前面走，这种花香就会愈浓烈。

——今年可真香啊！

——是呀，风一吹，几百米前头都闻得到。

——因为丹桂的香味太浓了。

突然，这样的对话声传到了信的耳朵里。是拎着买东西的篮子，在交叉路口等待红绿灯的人们的声音。

啊，丹桂！

信终于想起了花的名字。

丹桂。对了，是丹桂！

就仿佛是终于想起了一个亲切的人的名字似的，信松了一口气。信身边的少女们，确实全都长着一张张让人怀念的脸。

"我知道了！我终于知道你们是谁了！我终于知道你们是什么花的花精了！"

信大声喊道。

这时，已经到了下坡道了。是一个缓缓的、长长的坡——啊啊，信想，这是下坡去公园的道啊。信和少女们的自行车，从坡上自动向下滑去。

丁零零，一个少女按响了车铃。于是，一个接着一个，其他的少女们也都按响了车铃，道上车铃声连成了一片。信也不甘示弱地按响了车铃，大声叫喊起来：

"丹桂、丹桂，
随风去哪里？"

于是，少女们异口同声地唱了起来：

"远远的天的尽头，
比月亮、比星星还要高。"

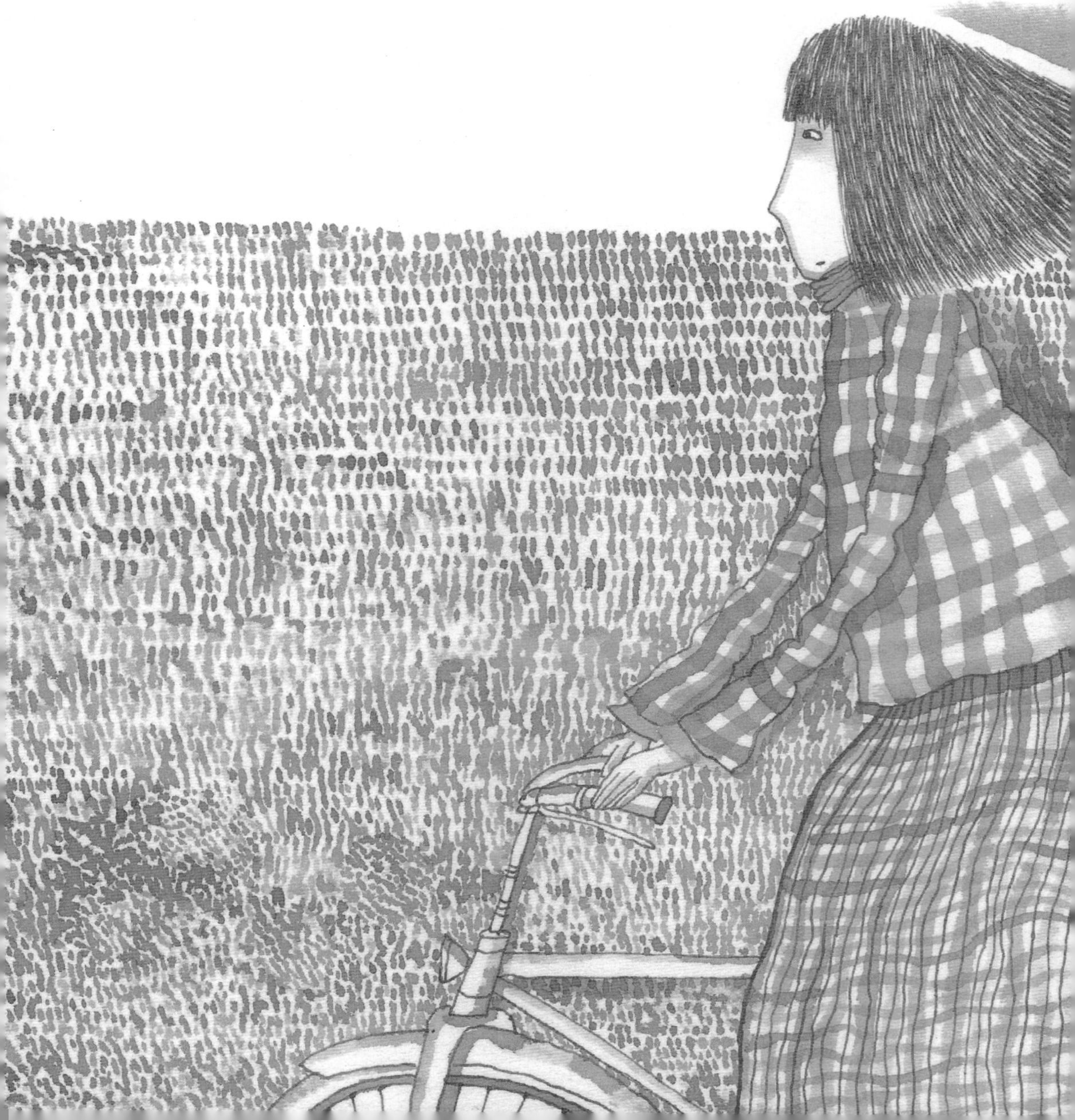

这时，坡道突然变陡了。信的自行车的刹车失灵了。

"哇啊，危险！"

信大声叫道。

少女们的自行车也都全速朝坡下冲去。头发被风吹得飘了起来，透明的衣裳呼地一下鼓开来了，可是少女们好像还在吹口哨。眼睛好像还隐约在笑，而且，脸蛋儿好像也兴奋成了玫瑰色。

危险……危险、危险！

信捏住车把的手，捏出了一手的冷汗。坡下面，冷不防是公园的一道土堤。

信和少女们，正以惊人的速度冲着那里滑去。

啊，撞上去啦，撞上去啦……

他不由得闭上了眼睛。就在这时，咚地一下，信的身体突然撞到了什么东西上面。他像一个木偶似的，被抛到了一片开阔的原野当中。

四下里静得异样。信的身边，大波斯菊如同梦幻一般地摇曳着。

（我的自行车怎么样了？那些女孩们呢？）

信就那么仰面朝天地想着。

就在这时，他听到了少女们的声音：

"再见！再见！"

那声音，就像是淅淅沥沥的雨一样，从高高的、燃烧着似的火红的天空上落了下来。

"哎？"

信一下子坐了起来，仰头朝天上望去。然后，倒吸了一口凉气。

数不清的橘黄色的自行车，这会儿，正在朝天上飞去。飘呀飘呀，就宛如是被刮上天去的无数个气球。

"喂——"

信喊了起来。

"到哪里去啊？"

只听少女们异口同声地唱道：

"远远的天的尽头，

比月亮、比星星还要高。

今年，就这样结束了。"

那声音渐渐地小了下去。然后，连少女们的身影也变成了一个个小小的红点，终于消失在了云里。

那之后，信在昏暗的公园的草地上坐了许久许久。四下里还残留着一股花香。

信拖着摔坏了的自行车，慢吞吞地出了公园，朝坡上爬去。

路上有几棵修剪成圆形的丹桂树。树下面，橘黄色的小花，像撒了的粉末似的谢了一地。密密麻麻的小花，在黄昏黑沉沉的地面上看上去是那样的鲜艳。

"今年，结束了。就这样结束了。"

信不知为什么，松了一口气。

他有一种感觉，觉得那些少女终于自由了。

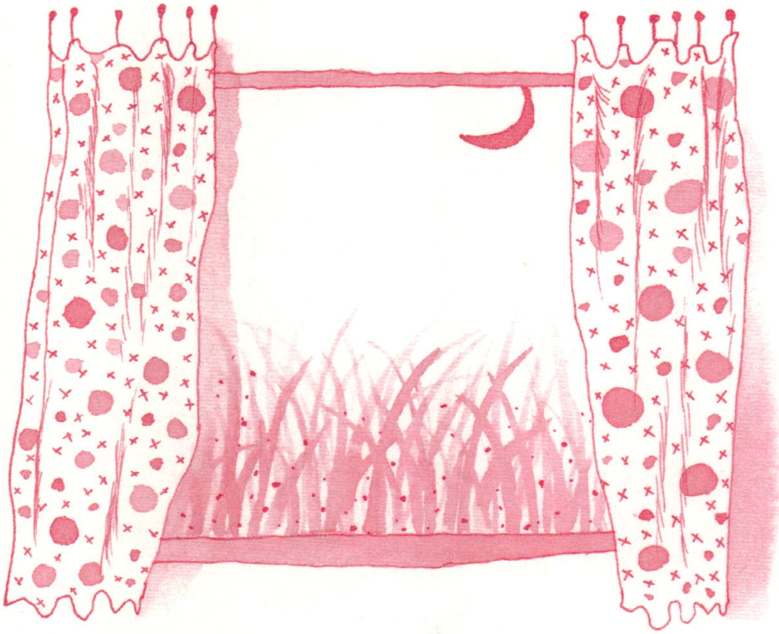

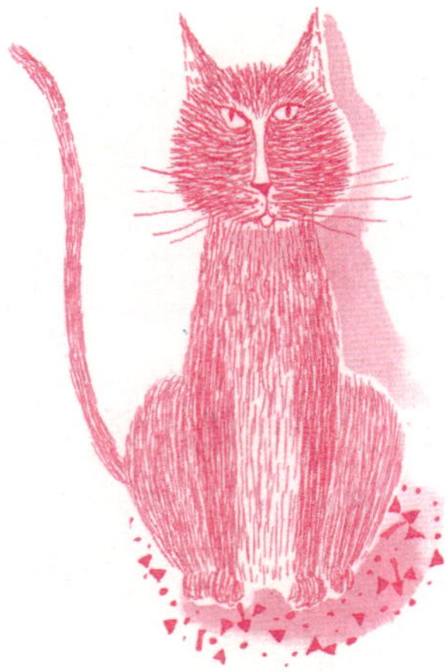

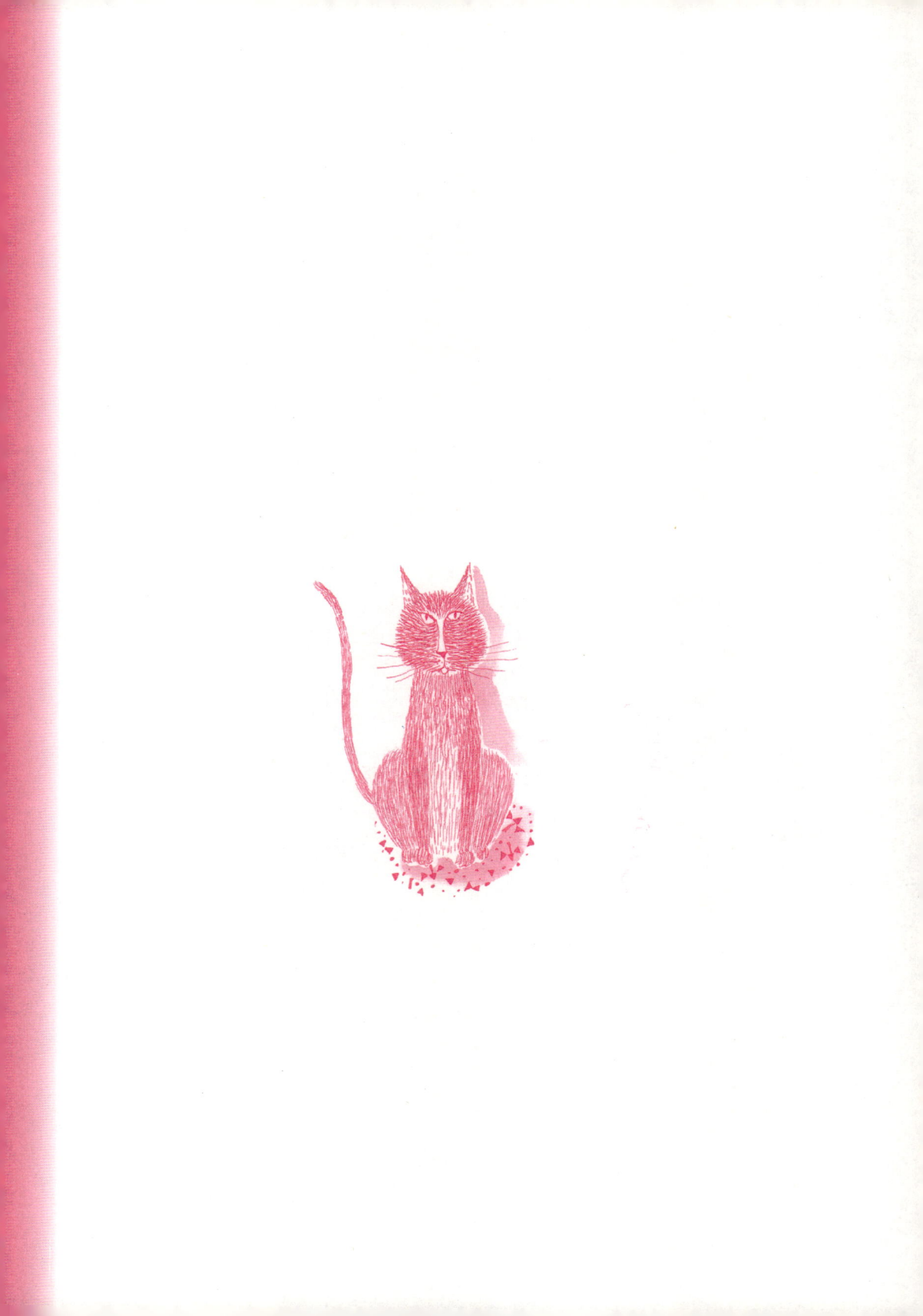

# 不可思议的文具店

咪咪简直是在花的上面飞翔了。

迎着风,

"嗖——嗖——"地飞翔,

然后一下隐到了花里,然后又飞了起来,

然后又隐到了花里,

接下来,咪咪突然"嗖——"地飞到了天空中。

某个镇子上，有一家小小的文具店。

那真是一家小店。

入口只不过是两扇玻璃门，里头三个顾客就挤满了。而在店里头静静地守着柜台的，永远是一个戴着圆眼镜的老爷子。

不过，在一部分孩子中间，这家店可是相当有名气的。另外，在一部分大人中间，它也挺有名。为什么呢？因为这家店里摆着的尽是古里古怪的东西。

比方说，飘着真正的花香的铅笔（绝对不是香料）。从彩虹上取来的颜色制作成的绘画颜料。画出来的东西像真的一样的彩色蜡笔。一打开盖子，就能听到小鸟啼叫的文具盒。可以看得到墙对面虫子的放大镜。什么都能擦掉的橡皮。此外，还有什么都能吸的吸墨纸……

这样的东西陈列在那里，不管它们卖掉也好，卖不掉也好，店主人老爷子就在店里头凝神地读着报纸。

从中午放学开始，顾客陆陆续续地来了。偶尔，也会有大人夹杂在孩子中间来的。而到了傍晚天一黑下来，就几乎没什么人来了。于是，老爷子就会关上店的玻璃门，上了锁，从里头"哗"的一声拉上黑色的门帘，然后，熄掉店里的灯。于是，文具店就整个儿被黑暗吞没了。

一个冬日的黄昏，老爷子正要闭店的时候，来了一个女孩。女孩被雨雪打湿了，看上去又冷又悲伤。

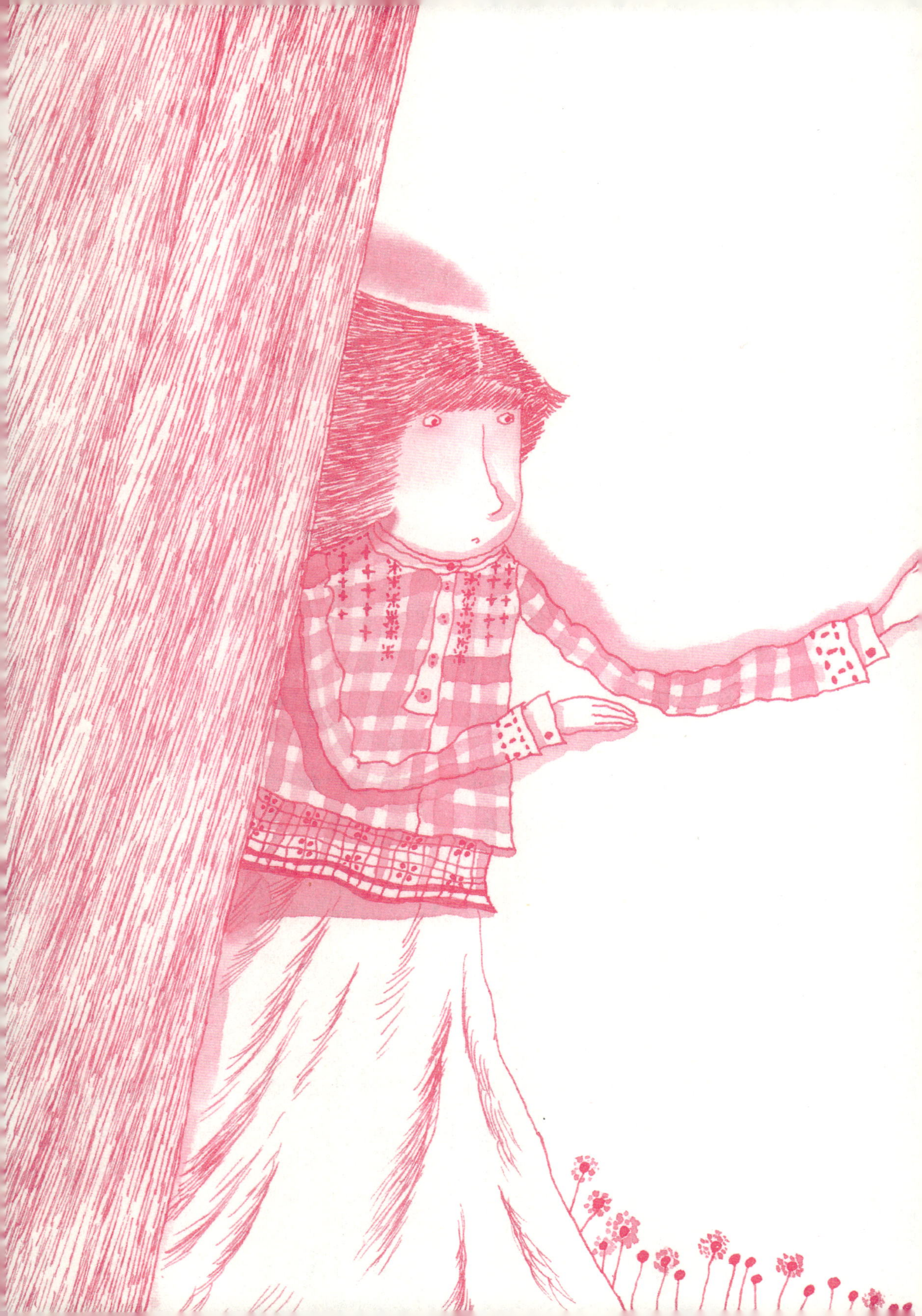

"对不起。"

女孩嘎吱一声推开了店的玻璃门，跌跌撞撞地冲了进来。接着，就飞快地说：

"请给我拿一块什么都能擦掉的橡皮！"

"来了来了。"

老爷子从货架上的箱子里，掏出一块黄色的橡皮。

"一百元。"

那女孩问：

"这真的是什么都能擦掉的橡皮吗？"

"是啊是啊，什么都能擦掉。绘画颜料画的画能擦掉，彩色蜡笔写的字也能擦掉。"

"我心中的悲伤也能擦掉吗？"她询问道。

老爷子微微一笑，充满自信地回答说：

"当然能擦掉！"

"真的？非常大的悲伤呀！"

只见老爷子重重地点了一下头，用庄严的口吻回答说：

"是的，不管是什么样的悲伤。"

女孩突然飞快地说了起来：

"是真的吗？我的猫死了呀！已经养了四年、宝贝得不得了的猫，就那么病了，脱光了毛，脏兮兮地死了。一只那么漂亮的猫……它每天和我一起玩，一起吃午后茶点，一起睡觉。我把它当成了妹妹，可它却死了，一动不动了。"

女孩仰头看着老爷子，那脸上的表情分明是在说：这么大的悲伤，那么简单地就能擦掉吗？老爷子说：

"那是一只黑猫吧？是一只尾巴长长的、眼睛是绿宝石颜色的猫吧？"

女孩大吃一惊。

为什么这个人会知道我的猫呢……只见老爷子从店里的货架上，拿过来一张图画纸。又从彩色蜡笔的盒子里，拿出一支黑色的蜡笔。接着，嚓嚓嚓地在图画纸上画了一只猫。一看到那只猫，女孩就更吃惊了。

"和我的猫一模一样！这就是我的猫哇！一看尾巴的形状，我就认出来了。这就是我的咪咪啊！"

可是，画纸上画的那只黑猫，是一只病猫。黑色的毛脱落了，眼睛呆滞无光。那是病死之前的猫。

"擦掉！把那画擦掉！"

女孩突然叫起来。

"快点擦掉！一看到它，我就会悲伤啊。"

老爷子点点头，用黄色的橡皮在画上"哗哗"地擦了起来。猫被擦得干干净净，代替它的，是画纸上出现了一大片水仙花。那碎碎小小的黄花，铺满了整张图画纸。花瓣一个个水灵灵的，发出一股好闻的香味。

"还有花香呢……"

女孩出神地嘟囔道。

"是呀，水仙的花香。这个啊，就是什么都能擦掉的橡皮。而且是擦掉了，肯定会浮现出水仙花的橡皮。一看到这花，你的悲伤就会渐渐消失……你看，消失了，消失了……已经不再悲伤了……"

女孩的眼睛凑了上去，盯着图画纸上的水仙花。她觉得死了的咪咪，就仿佛睡在花下面似的。

"咪咪！"

女孩禁不住呼唤起来。

"咪咪！"

怎么样了呢？从图画纸里头，似乎传来了一丝轻轻的猫的呼吸声。女孩太熟悉自己的猫的鼾声了，那就像是一阵小小的从门缝里吹进来的风。但却是静静的、暖暖的，如同从咖啡杯子里冒出来的热气一样的呼吸。

"啊，我听到了我的猫的呼吸声了。"

女孩指着画里，对老爷子说。

"你看，是真的呀，水仙花在抖动了啊！"

女孩用食指在图画纸上摩擦起来，然后，用极其热情的目光，冲着老爷子央求道：

"好吗？一会儿就行。我也想进到这片花田里头去。我想去和睡着了的咪咪告别。啊，不行吗？这做不到吗……"

老爷子想了一下，点点头：

"那么，可就是一会儿啊！一见到猫，就马上回来啊！"

说完，老爷子就关上了店里的玻璃门，呼地一下拉上了黑色的门帘，然后，熄掉了店里的灯。

"先让我准备一下。"

等到店里全部黑下来，老爷子朝着右面的货架走去。他从货架的箱子里摸出两把放大镜来。

两把放大镜在黑暗里一闪，放射出光芒。那光把四周模模糊糊地照亮了。于是，老爷子摘下自己的眼镜，把镜片也摘了下来。紧接着，他把两把放大镜的镜片摘了下来，紧紧地装到了眼镜架里。

变成了一副不可思议的眼镜。

黑暗里闪闪发光的眼镜，就像把泉水的闪光镶嵌进去了似的眼镜。

"好了，把它戴上试试看。"

老爷子把不可思议的眼镜递给了女孩。

女孩急忙戴上了眼镜，然后，又朝那张图画纸上看去……

怎么样了呢？女孩发觉自己的身体一点点地变小了。不，也许说不定是正好相反，图画纸迅速地伸展开了。不管怎么说，女孩一瞬间就飞到了图画纸的里头，一个人孤单单地站到了水仙花田里。

这是一个夜晚。是一个没有月亮也没有星星的夜晚。

可水仙花却一下子亮了起来。简直就仿佛点亮了一朵朵花似的。

"像做梦一样。"

女孩出神地嘟囔道，然后，试着小声地呼唤起来：

"咪咪！"

她把身子向花丛伏去，竖起耳朵，搜寻起猫的鼾声来了。

"咪咪！咪咪！"

没多久，女孩就发现不远处的水仙花在轻轻地抖动。蹑手蹑脚地走过去一瞅……啊啊，香甜地睡在那里的，千真万确，正是自己的猫！

"咪咪，你在这里哪！"

女孩蹲了下来，抚摸着咪咪的后背。那身皮毛，像天鹅绒一样闪闪发光。是一只吃得饱饱的、刚刚睡着的健康的猫的毛皮。女孩把咪咪抱了起来。想不到咪咪的身子哆嗦了一下，睁开了眼睛。

那就像是五月的嫩叶一般水灵灵的眼睛。

咪咪那双眼睛一下睁得老大，盯着女孩一看，小声叫了起来。

女孩的心中立刻就充满了喜悦。

"能见到你,太好了……"

女孩正要用力抱住猫,然而,就在这个时候,猫却哧溜一下从女孩的手臂里挤了出去,一溜烟地跑到花里去了。

"咪咪,等一等……"

女孩朝猫追去。

猫时不时地停下来,用绿宝石一样的眼睛回头看着女孩。然后跑上几步,又回过头来,小声地叫上几声,晃一下长长的尾巴。

"不要!别闹了!"

女孩笑了,不知不觉地快乐起来,嗓子眼儿发出了"咯咯"的笑声,后背快乐得微微颤抖起来……

可咪咪的腿也跑得太快了呀!

咪咪简直是在花的上面飞翔了。迎着风,"嗖——嗖——"地飞翔,然后一下隐到了花里,然后又飞了起来,然后又隐到了花里,接下来,咪咪突然"嗖——"地飞到了天空中。

"咪咪……"

女孩吓了一跳,不禁放声叫了起来。

咪咪竟然升到了夜空中。

"咪咪——你在干什么?你到什么地方去呀?"

猫的两条前腿,笔直地伸向天空。尾巴伸得直直的。然后就那么直着身子,嗖嗖地向天上升去。

"咪咪,等等我——"

女孩张开两手,踮脚站了起来,竭力呼唤着猫。可不久猫的身影就被黑暗吞没了,看不见了,只剩下了两只绿色的眼睛,就宛如

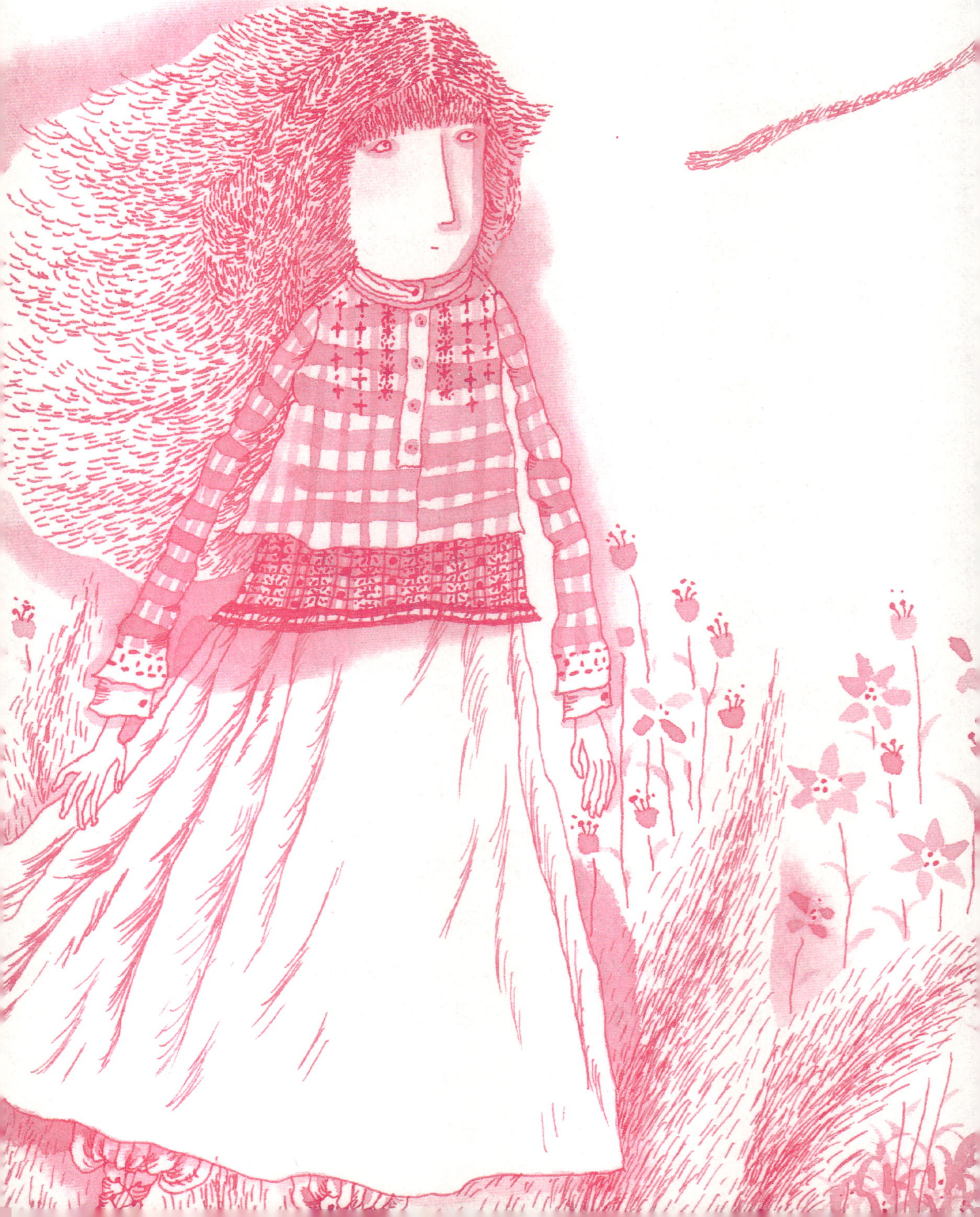

真正的宝石一样——不，就宛如磨得铮亮的绿星星一样，在夜空中闪烁。

"啊啊啊——"

女孩瘫坐到了花丛里。

"终于走掉了。"

泪水一下子涌了出来。为了擦眼泪，女孩摘掉了眼镜。不想文具店老爷子的声音突然在耳边轰响起来：

"你回来啦！"

他打开了灯。女孩这才回过神来，原来这里是文具店的里面。

女孩的眼睛前面，只放着一张画着水仙的图画纸。

"和猫告别了吗？"

老爷子问。女孩轻轻地点点头，泪流满面地笑了。

老爷子轻轻地拍了拍女孩的脊背，说：

"好了，不早了，快回家去吧，天已经黑透了。"

女孩点点头，从兜里掏出钱，买了水仙橡皮。

"谢谢光临。"

老爷子从货架下面的抽屉里，取出一张纸，递给了女孩。

"这是送给你的，是我们店里特制的吸墨纸。"

"啊，是什么都能吸的吸墨纸啊！"

"是的，什么都能吸。墨水也好，绘画颜料也好，你的眼泪也好。"

女孩把橡皮和吸墨纸装到了手提袋里，笑了一下，返回到了雨雪之中。

等她走了之后，老爷子又关上了玻璃门，然后，熄掉了店里的灯。

于是，无论从什么地方，也看不见这家不可思议的文具店了。

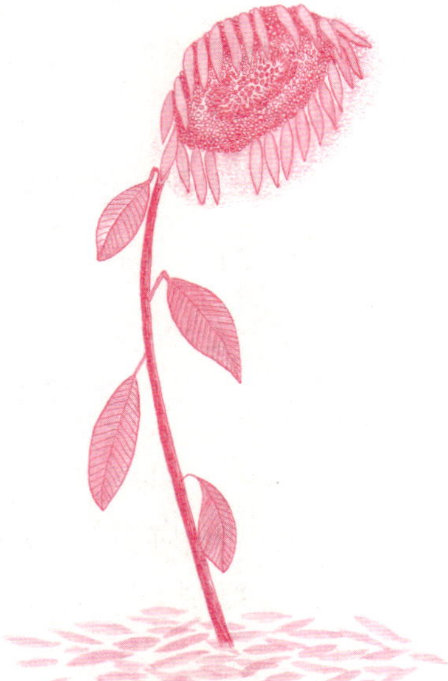

# 秋天的声音

和着那歌声,
老奶奶也扭起身子来了,
小声地唱起了歌。
于是,慢慢地,
她觉得自己仿佛变成了大波斯菊的花精似的。

"这阵子，耳朵开始背了，听不清电话里说什么了。所以呀，请不要打电话了。还是写信吧。我一定会回信的，各位如果有事的话，就请写信吧！"

一来电话，老奶奶就会这样嘟哝一大套。也不管对方说什么，只是自顾自地一口气说下去。到了最后，一句"对不起"，就把电话挂断了。

这位耳背的老奶奶，独自一个人住在这个大城市的大公寓的七楼。

老奶奶的房间里，有一张小桌子、一把小椅子和一个小柜子。小柜子上有闹钟和电话。就在不久前，还清清楚楚地听得见闹钟的声音和电话的声音。有时候，还被闹钟那"嘀嗒嘀嗒"的声音吵得睡不着觉。可这阵子，连电话那"丁零——丁零——"的声音，都常常漏听了。在外头碰上谁，也不知道在说些什么了。

自从耳朵聋了以后，老奶奶的身边就变得格外安静起来了。就像是独自一个人住在浮在天空上的玻璃房子里似的，静得不可思议。于是，老奶奶就变得爱看各种各样的东西了。阳台花盆里盛开的一朵大波斯菊啦，天边的火烧云啦……她喜欢长久地、长久地眺望着那云的颜色从燃烧着的红色，变成寂寞的橙黄色，再一点点地变成淡淡的紫色。

天气晴朗的日子，从公寓的窗子里，看得见蒙上了一层紫雾的远山。一列红色的电气列车朝着那山奔去。

（要是坐上它，能去山里哪！）

老奶奶想。

"山里的秋天一定很美吧……"

当她不知是冲着谁这样说的时候,阳台上的大波斯菊会像点头似的摇晃起来。风会闪亮一下。

然后,过去了多少天呢?

一包小小的、小小的东西,投到了老奶奶的家里。是一个装在茶色袋子里的小包裹,它的反面写着"山风寄"。

老奶奶吃了一惊,打开了包裹。于是,从里头滚出来三只核桃。

"啊呀啊呀,原来是……"

老奶奶不由得笑了。然后,亲切地说:

"真让人怀念啊……"

老奶奶的故乡,是一个遥远的山村。是一个一到秋天,就能收获许许多多美丽的核桃的村庄。可是现在那个村庄里,已经没有老奶奶可以回去的家了。老奶奶用双手把那三只核桃捧了起来:

"你们来得正好啊……"

然后,老奶奶就把核桃装到了网袋里,挂到了房间的墙上。

于是,这天夜里,不可思议的事情发生了。

那是半夜几点呢?睡得迷迷糊糊的老奶奶突然惊醒了,耳朵里传来了一个声音。

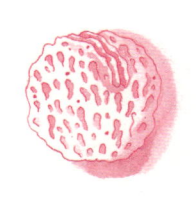

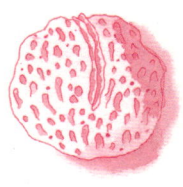

嘎啦、嘎啦、嘎啦、嘎啦……

是什么东西在互相撞击的声音。亲切的、可爱的声音。老奶奶吃了一惊，跳了起来。咳，那是什么声音呢？正想着，那个嘎啦嘎啦的声音又响了起来，这次，她听到那个声音像是在叫：

"打开！打开！"

"啊，这是方才那核桃的声音。我的耳朵怎么了呢？今天清楚地听见了！"

老奶奶点上灯，朝挂在墙上的装核桃的袋子瞅去。装核桃的袋子在晃动。又没有一丝风，它却在那里一跳一跳的！接着，它们又唱起了歌：

"打开！打开！"

"是说'打开'吗？好啊好啊。"

老奶奶把装核桃的袋子搁到了桌子上。然后，把三只核桃在桌子上排成了一排。

"那么，先敲谁呢？"

最右边的核桃滴溜溜地转了一圈，说：

"当然是我先来啦。"

于是，老奶奶拿来了锤子，咯噔一下敲开了右边的核桃。

（里头是怎样好吃的核桃仁呢？）

可怎么样呢？

从核桃壳里出来的，是一个小小的、小小的口琴。只有小指头尖儿大小的口琴，滚了出来。

"晚上好！老奶奶。请吹我一下。"

老奶奶发愁了。这么小的口琴，要是吹着吹着，不当心吞到肚

子里去不就完了。再说了,这么小的口琴,也吹不出哆咪发啊……可是,口琴却热心地劝道:

"没事,你吹吹看!"

老奶奶用指头捏起口琴,轻轻地贴到了嘴唇上。然后,"呼"地吐了一口气……响起了一个不可思议的声音。

那是风的和弦。

是的,是山风的声音。山风吹拂着遍地白色的狗尾草,吹落了山中的枯叶,吹落了橡子,吹落了核桃,吹飞了红色的小苹果。于是,四周就飘满了树的味道、泥土的味道和蘑菇的味道。

(啊啊,是秋天!山里的秋天!)

不知什么时候,老奶奶觉得自己好像已经伫立在了风中。

一闭上眼睛,就看见了山里的小车站。看见了像玩具一样的检票口。看见了站在那里检票的大叔。

"真是让人怀念啊……"

老奶奶不再吹口琴了,自言自语起来。于是就在这时,桌子上的第二只核桃滴溜溜地转了一圈。

"打开!打开!这回该轮到我了。"

"是是,知道了。"

老奶奶用小锤子,咯噔一下敲开了第二只核桃。从核桃里跳出来的,是一架小小的、小小的竖琴。

"晚上好!老奶奶,请弹我一下。"

老奶奶又发愁了。弹这么小的竖琴、这么细的琴弦,我的手指也太粗了啊……可是竖琴却说:

"请用指甲尖来弹。"

老奶奶点点头，按它说的弹了一下。

"波隆。"

金色的声音洒了出来。

"怎么会有这么漂亮的声音呢！"

老奶奶这个开心啊，弹起了小小的竖琴。

小小的竖琴，发出了像洒下来的日光一样的声音。

晴朗秋日的太阳光，一直是这样的啊！明晃晃的、华丽而又暖洋洋的……在那样的太阳光里铺上一张草席，草席立刻就变成了金色的席子。老奶奶回忆起了在它上面摆上小碟子小碗、玩过家家游戏的遥远的日子。

"用小红花做赤豆饭吧！用红叶做菜吧！对了对了，再去打一桶水来烧茶吧！"

老奶奶拎着一个水桶，向河边跑去。秋天的河，哗哗地淌着。蹲下来，轻轻地把手往里一伸，哇，好冷！

红色的水桶里打满了水，又采了野菊当饭后的点心。在往回走的路上，老奶奶想：没有客人来吗……没有人来尝尝我做的好吃的吗……

风"嗖嗖"地吹着，远处有乌鸦在叫。

"乌鸦来当客人也行啊，狐狸也行啊。"

老奶奶一边一个人嘟哝着，一边往回走。

"您好！"

不在家的时候，不是真的来客人了吗？那是一只小狐狸。

狐狸的头上顶着一片红柿子的叶子，装模作样地坐在老奶奶的草席上。

"欢迎欢迎。"

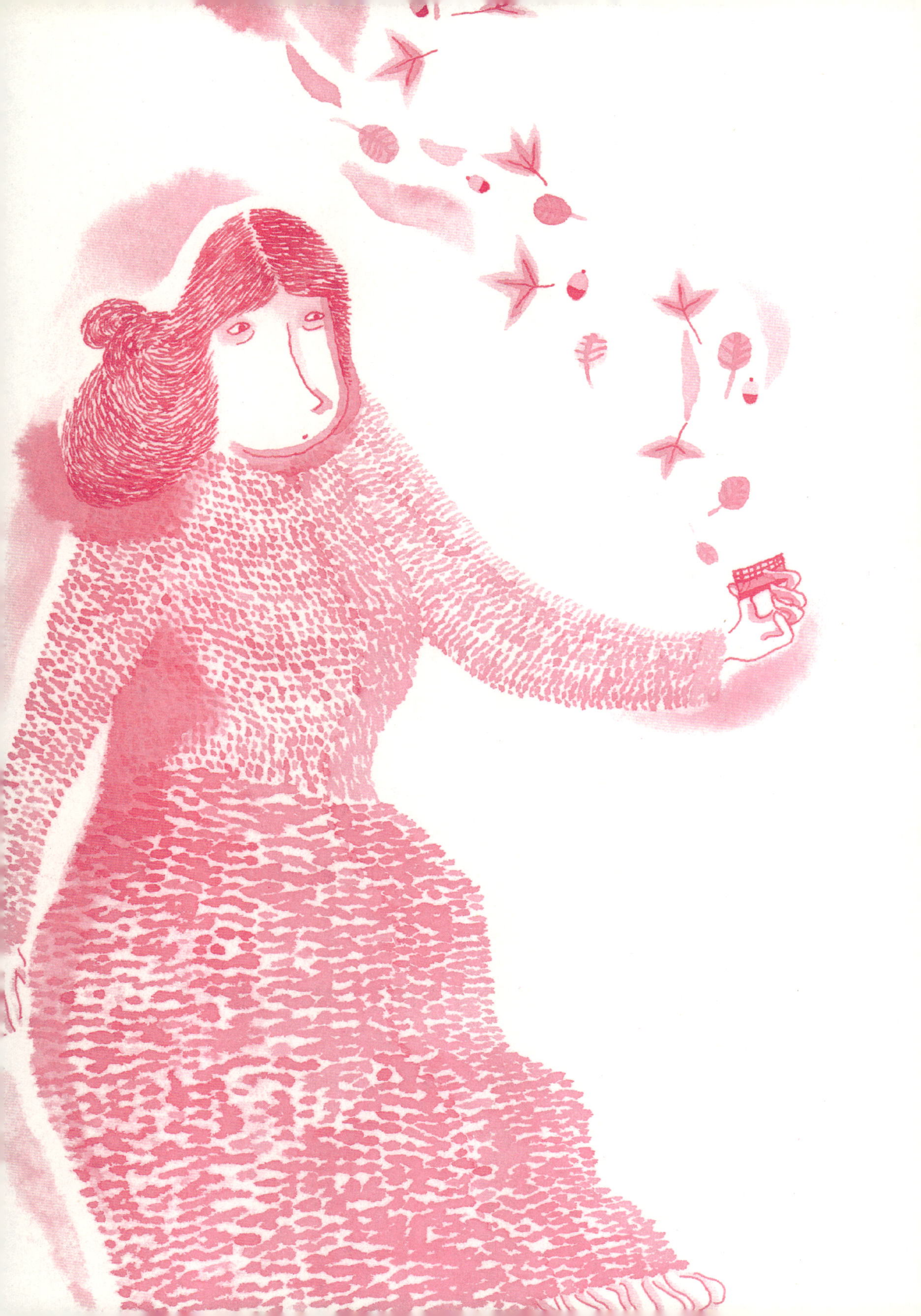

老奶奶乐得合不拢嘴了。然后，真心实意地倒了一杯茶。然后，把好吃的东西摆到了树叶的碟子上面。

"那我就不客气了。"

狐狸行了一个礼，就吃起老奶奶做的赤豆饭和野菊点心来了。还吃了橡子水果。一边叫着好吃、好吃，一边真的全都吃了下去。老奶奶也学着它的样子，尝了一片野菊的花瓣。

"好香！"

老奶奶这么一说，狐狸也说：

"好香！"

可就在这个时候，有什么人说道：

"这回该轮到我了！"

"哎？"

老奶奶这才清醒过来，自己是在公寓的房间里。桌子上，躺着小小的口琴和小小的竖琴，它们边上的那只核桃滴溜溜地转了一圈。

"打开！打开！这回该轮到我了。"

"是是，知道了。"

老奶奶用锤子敲开了第三只核桃。

咯噔一声，从核桃里跳出来的，是一面小小的、小小的鼓身上装有小铃的小手鼓。

"晚上好！老奶奶。"

"啊啊，晚上好！这回也是个小东西呢！虽然小，做得却一点不含糊哪！"

老奶奶用大拇指和食指捏住小手鼓，轻轻地摇了起来。

当啷、当啷、当啷……

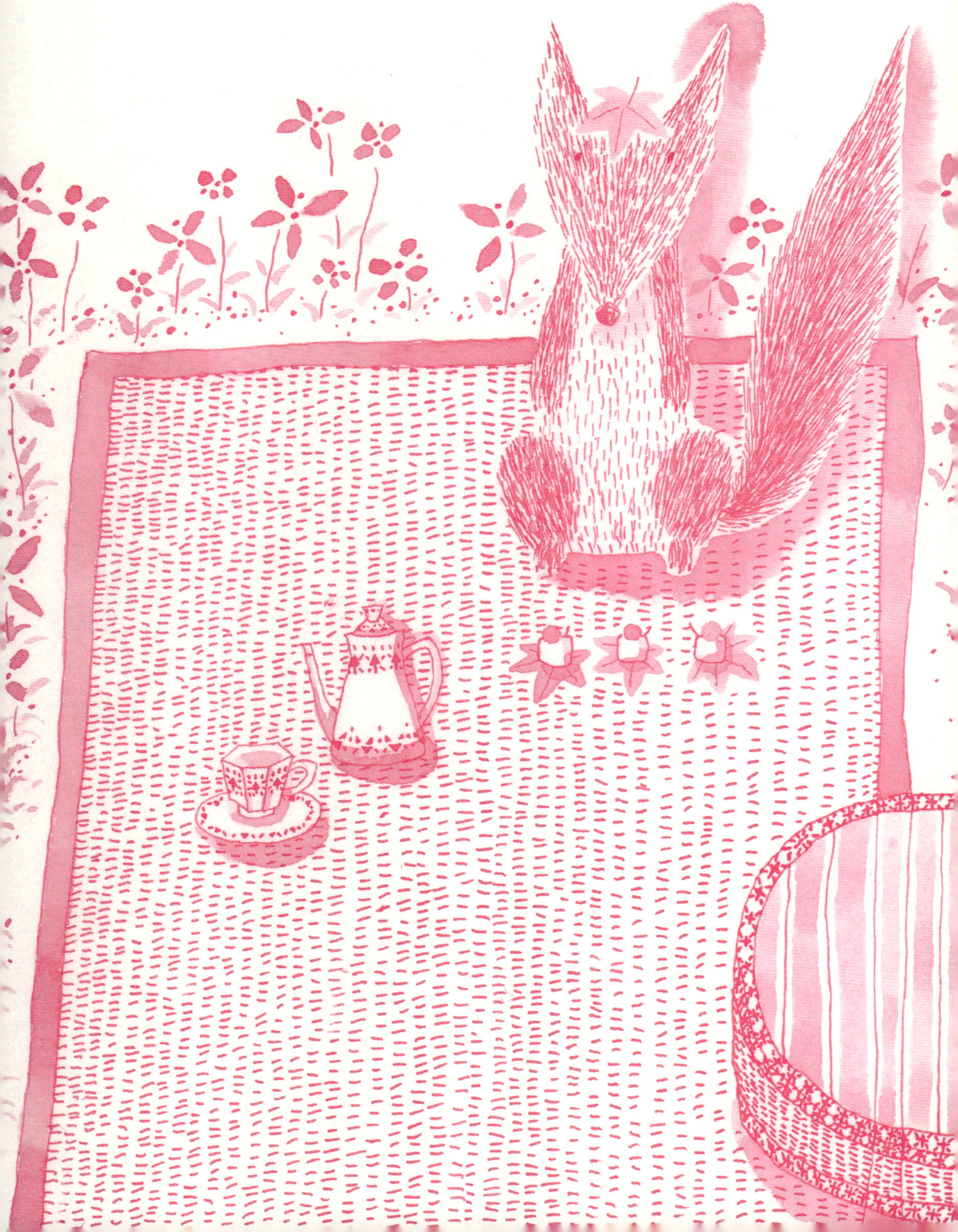

传来了天上的星星一起摇响的声音。

星星的声音……

是的。在山里，星星也会发出声音。夜空上的繁星，也会唱歌，会笑，会说话。树和花就是听着那样的声音，睡着了。鸟和野兽睡着了。孩子和大人睡着了。

然而，也有睡不着的花。

那就是开在山顶小路上的一丛大波斯菊。一边在风中抖动着粉红色的花瓣，大波斯菊们一边目不转睛地看着星星。然后，它们就和着星星的声音，开始摇起头，摇晃起身体来了。大波斯菊那长长的茎轻轻地摇起来了。细细的叶子摇起来了。一边摇，大波斯菊们一边唱起了歌：

"没有睡的，是星星和花。
没有睡的，是星星和花。
谁也没有看我们。"

和着那歌声，老奶奶也扭起身子来了，小声地唱起了歌。于是，慢慢地，她觉得自己仿佛变成了大波斯菊的花精似的。

是的。不知不觉中，老奶奶已经变成了一个穿着粉红色衣服、头发上系着粉红色丝带的女孩。鞋也是粉红色的，手镯、项链也是粉红色的。一个脸蛋儿也是粉红色的可爱的大波斯菊的花精。

"没有睡的，是星星和花。
没有睡的，是星星和花。
谁也没有看我们。"

老奶奶的手和腿,动得是多么轻快自由啊!两只手,就像羽毛一样,两条腿,就像弹簧一样。她一下子跳了起来。如果把手伸直了,就够到了天空、就抓到了星星似的。

"星星——星星——"

老奶奶叫起来。于是,星星们异口同声地回应道:

"大波斯菊——大波斯菊——大波斯菊——"

"哎——"

老奶奶不由得大声叫了起来。

"在这里哟——在这里哟——在这里哟——"

夜空突然旋转了一下。然后,一下子静了下来。

星星的声音、风的声音、花的声音猛地止住了,老奶奶又恢复成了原来的老奶奶。

这里,还仍然是公寓那小小的房间。

老奶奶的耳朵,什么也听不见了。连闹钟的指针的声音都听不见了。可是,桌子上却规规矩矩地躺着从核桃里跳出来的三件乐器。

小小的口琴。

小小的竖琴。

小小的小手鼓。

老奶奶用指甲尖轻轻地弹了一下竖琴。

"波隆。"

老奶奶的耳朵,只能听到这个声音。她又试着吹了吹口琴,果然响起了小小的秋天的声音。小手鼓"当啷"响了一下,像是星星笑了一声。

"太好了,我只能听到这些小乐器的声音。"

老奶奶这个开心啊,把三件乐器紧紧地搂在了怀里。然后,拿出一块崭新的白手绢,小心地把三件乐器包了起来。

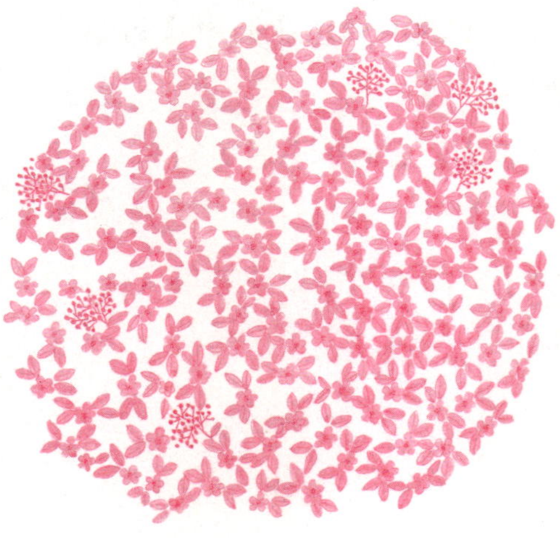

# 桔梗的女儿

新吉仿佛看到了桔梗的花精似的!
不,的确是花精。
千真万确,
就是温柔而婀娜、
与和服那紫色差不多的桔梗的女儿。

木匠新吉娶媳妇的时候，附近的人全都吃了一惊。媳妇人长得白白的，身段又好，头发湿湿重重的，与紫色的和服相称极了。而且声音也好听。那笑声，就像春天的鸟。

谁都在想，那样的一个男人，怎么能娶到这么好的一个媳妇呢？怎么说呢，新吉是一个懒得不能再懒了的懒汉。从乡下出来到现在都五年了，就没正经干过活儿，整天不是喝酒就是睡觉。那样一个男人，究竟是从什么地方找到了这样的一个好姑娘呢？人们窃窃私语道。其中，也有人半开玩笑地故意到大杂院新吉的家里瞧上一眼的。

新吉笑笑说：

"是山里的娘选了送来的。"

这是实话。新吉的母亲，一个人住在大山里。住在一座小小的房子里，一边耕一片小小的田，一边净想着贸然离家出走的儿子的事了。然后有一天，她给新吉寄了一封短信：

"你小子也快点娶媳妇吧！媳妇还是山里的好。
有一个好姑娘，俺让她去你那里了。"

十天之后的黄昏，新吉仍旧躺在那里喝酒的时候，门"嘎吱"一声开了。

"对不起。"

响起了小鸟一样的声音。猛地一瞥，只见门槛那里站着一个脸白白的姑娘。

"你山里的母亲拜托我了。从今天开始，就让我和你一起生活吧！"

姑娘一说完，也不等新吉回话，就摆好木屐走进屋来。

新吉吃了一惊：

"喂喂，这也太突然了……"

他爬了起来，急忙就要收拾房间，可姑娘已经从和服的袖兜里，掏出了束袖子的带子，把袖子扎上了。然后，收好新吉喝剩下的酒，用掸子在房间里掸了起来，用扫帚扫掉灰尘之后，便开始用力地擦起矮脚饭桌来了。一边擦，姑娘一边说：

"你山里的母亲拜托我了。说要把新吉的房间打扫干净，要把衣服洗干净，要让新吉吃上可口的饭菜。让新吉心情愉快地去干活儿。"

新吉呆呆地站在屋子中央，听她说着。原来是这么一回事啊，这确实是娘的做法。可娘怎么会知道我住的地方呢？自从离开家以后，连一封信也没有写过啊……新吉胡思乱想着，因为有点喝醉了，新吉不愿再想下去了。他坐到了矮脚饭桌前头，问：

"那么，你也给我做晚饭了？"

姑娘嫣然一笑，点点头。新吉顿时高兴起来。已经好多年没有人给他做饭了。他坐立不安地问：

"你会做什么呢？"

姑娘冷不丁从右边的袖兜里掏出一个碗来。是一个大大的红碗，而且还带着盖子。姑娘把碗"咚"地往矮脚桌上一放，说：

"如果是山里的风味，我什么都会做。"

接着，姑娘就走到水池边淘起米、切起菜来了。到了天黑的时候，屋子里已经飘满了香味，不一会儿，热气腾腾的晚饭就摆到了矮脚饭桌上。

米饭、煮菜和烤干鱼。

因为就那么一点材料，也不可能做出什么山珍海味来，不过，每一样却都做得非常好吃。米饭烧得软乎乎的，煮菜不咸不淡。新吉满足了。和一个人生活时的晚饭大不一样啊！姑娘用双手捧着刚才放在矮脚饭桌上的红碗，轻轻地放到了新吉的面前：

"汤也快趁热喝了吧！"

新吉愣住了，看着姑娘的脸。这碗从刚才起，不是就一直放在这里的吗？正要开口，用手一摸，红碗是热的！就像刚刚盛好端上来的一样热！新吉吃了一惊，打开了碗的盖子。突然，一股热气冒了出来，碗里是山中土当归的酱汤。新吉瞪圆了眼睛，吃惊得连声音都发不出来了。只听姑娘静静地说：

"这是我的嫁妆。让我用这碗，每天为你做山里的东西吃吧！"

新吉吸了一大口土当归的香味，又想起了山里的娘。

红碗上没有图案，只有盖子的里面画着狗尾草。秋天的狗尾草，画得都要扑出来了，那白白的穗子上，还沾着汤的热气的水珠，像梦一般美丽。

就这样，从这一天起，新吉和媳妇开始了两个人的生活。

媳妇勤快极了，早上老清老早就起来了，做好饭，装好了盒子，叫醒新吉：

"快起来吧！饭好了啊。今天是个好天气，工作肯定顺利啊！"

这样一叫，新吉就再也睡不成懒觉了，爬起来，穿上衣服，洗

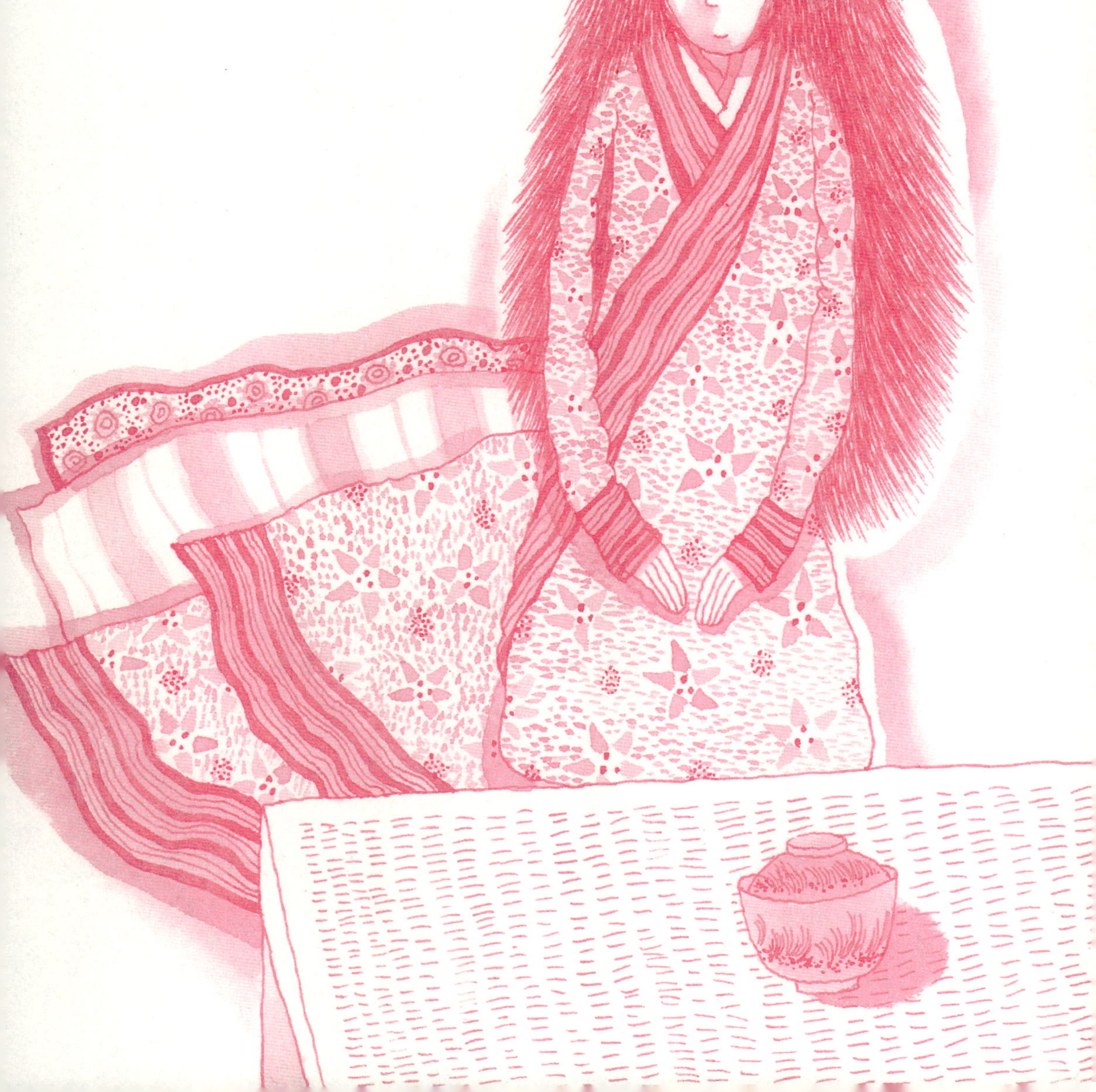

好脸吃好饭。媳妇用双手把装着盒饭的包裹举了起来：

"那么，精神抖擞地去上班吧！"

把他送出了门。

没有办法，新吉只能去工头那里干活儿去了。就这样，咬牙干了一天的活儿，到了傍晚，新吉回到家里一看，家里飘满了饭菜的香味。年轻的媳妇总是用带子把紫色的和服的长袖子束在身后，笑盈盈地迎接新吉。

"你回来了，辛苦了。"

被她这么一说，新吉的胸口热乎乎的，有一种说不出来的幸福的感觉。

晚饭时，那个不可思议的碗肯定会被端上来。碗里头，不是水芹酱汤，就是清汤。也不一定就总是汤。也有时是煮竹笋、拌蕨菜，或是像花瓣一样盛得满满的、如同河鱼一般透明的白白的生鱼片。一打开碗盖，瞧见这样的东西，新吉就情不自禁地咽了一口唾沫。接着，就在画着狗尾草图案的碗盖上倒上酱油，挤上芥末，蘸着将生鱼片往嘴里送去。吃了一口，他说：

"你带来了一个好东西呢！"

媳妇点点头：

"请好好珍惜这个碗！不管今后你成为多么了不起的一个人，不管你多么有钱，也请好好珍惜这个碗。如果你不爱惜这个碗了，我就必须回到大山里去了。"

新吉连连点头。

就这样，春天过去了，夏天过去了。

到了秋天，新吉又多了一份快乐。红碗里盛的东西，变得更加

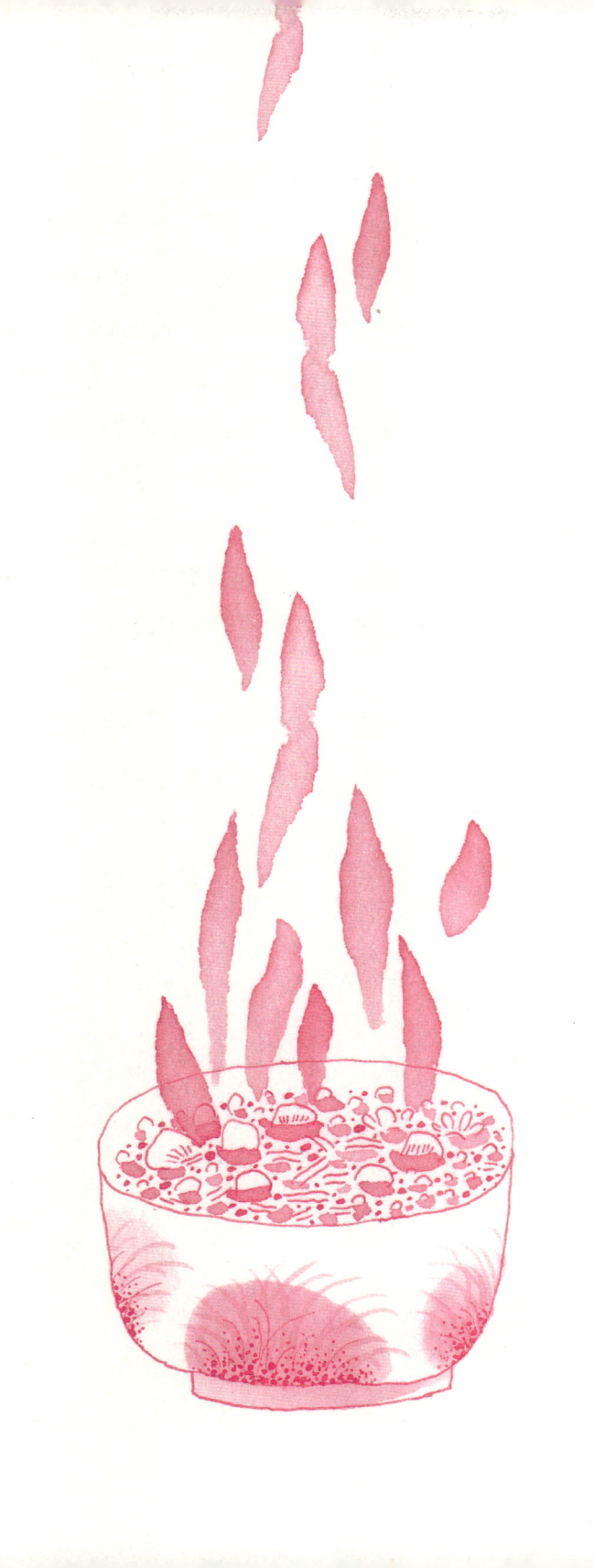

好吃了。秋天山里的美味，一天天从碗里冒了出来。就说蘑菇吧，就有丛生口蘑、蕈朴和砖红韧伞。也有的时候，盛着蒸松蕈什么的，叫人大吃一惊。还远不止这些呢，有时是满满一碗白花花的豆腐拌碎核桃，有时是色彩美丽的拌菊花，有时是鲜黄的糖水煮栗子。而每当这个时候，新吉就会想，碗是一个多么温暖、多么好的餐具啊！这碗不管装什么，看上去都好看。媳妇满足地看着新吉的那个样子。

娶了媳妇一年多，新吉从骨子里成了一个勤劳的人。身体也结实了，气色也好了，酒也不怎么喝了。

新吉每天带着一个大盒饭箱子去工头那里上班，到了中午，大伙打开盒饭，又数新吉的最多、最好吃。就因为这，新吉干活儿也更加卖力了。

而且，每天吃一碗山里的东西，新吉的手腕不可思议地灵巧起来了。不管是拉锯也好，刨刨子也好，伙伴里再也没有人能比得上

新吉了。这让工头喜欢上新吉了，不断派给他新的活儿，攒下不少钱。于是有一天，新吉给媳妇买了一块新的和服料子。

"偶尔也穿穿别的颜色的和服怎么样？"

可是媳妇却摇摇头：

"难为你一片好心了，可我最喜欢紫色的。"

说完，媳妇就把料子原封不动地收到了壁橱里。新吉有点失望。那之后，新吉又买了各种颜色的带子、披肩和木屐，可哪一样，也没有让媳妇高兴过。

"难为你一片好心了，可我最喜欢紫色的。"

新吉又失望了。

然后又过去了好几个月，新吉对媳妇说：

"鱼店里卖鲷鱼的生鱼片了，偶尔也想吃点海鱼啊！"

媳妇默默地去买鲷鱼了。第二天，新吉这样说：

"下回想吃上等的羊羹哪！糖水煮栗子已经吃腻了。"

然后，又说出了这样的话：

"山里的东西怎么说，也是有一股子土腥味啊！蘑菇呀，山薯呀，偶尔吃吃还行，总吃、总吃就腻了呀！"

每当这种时候，媳妇还是按新吉说的去做了，但脸上是一种凄凉的表情。渐渐地，不再用那个不可思议的碗了。

于是，一开始觉得那么光洁美丽的碗，在新吉的眼里看上去，成了一个破旧的、土里土气的餐具了。一天早上，去上班之前，新吉说：

"下回买一个新的碗吧！买一个漆得漂亮、外边也带图案的碗吧！"

听了这话，媳妇惊讶得连话都说不出来了，只是睁大眼睛，恐惧地盯着新吉，然后，终于用嘶哑的声音说道：

"以前……我说过的话，你忘了吗？"

新吉装作没有听见，出了家门。

然后，到了上班的地方，他像往常一样地干起活儿来，可不知为什么，这天手腕怎么也使不上劲儿了。吃了中饭也好，吸了烟也好，活儿就是干不下去。为了给自己鼓劲儿，他又试着哼起了鼻歌，可是刨子就是不滑，锤子也重得不得了。媳妇那凄凉的面孔浮现在了新吉的眼前。

（我不该说那种话啊……）

于是，他惦记起家里来了。

傍晚，一干完活儿，新吉匆匆忙忙地收拾好工具，就往家里赶去。走在街上，被秋天的晚风一吹，眼前浮现出来的全是媳妇的面孔。请好好珍惜这个碗！他记起了媳妇那时说过的话。媳妇身上那把和服的长袖子在身后束得紧紧的带子，浮现在眼前。新吉不由得奔了起来。奔呀奔呀，奔得气都快要喘不过来了，总算是"嘎吱"一声推开了家门，可家里像洞窟一样昏暗。也没有点灯。也没有晚饭的香味。

"喂，我回来了！"

新吉大声地叫着。但是，家里鸦雀无声。新吉进到了屋子里。他朝只有一个房间的家里看了一圈，不见媳妇的身影。

"我是在噩梦里吧！"

新吉想。可一屁股坐到榻榻米上，一听到挂钟那叮叮当当的声音，他相反又像是刚从一个美梦中醒过来似的。

什么都和从前一样了。媳妇来之前，家里就总是这样一片昏暗、冷冷清清的……

"又恢复到了原状。"

新吉嘟囔道。然后无意中朝矮脚饭桌上看了一眼，那个碗还在那里。那被留在那里的，不就是那个闪闪发亮的红色的大碗吗……

（是忘了吧？）

新吉走到矮脚饭桌的边上，两手轻轻地捧起了那个碗。

碗又冷又轻。打开盖子，里头空空的。只有盖子里面的狗尾草图案，分外显眼。新吉出神地凝视着那个图案。

不知为什么，他总有这样一种感觉，越看，那就越是像山里黄昏时的风景。那红红的漆，让人联想起满天的晚霞。那圆圆的碗盖，让人联想起一轮大大的落日……

过去，曾经有过这样的黄昏啊！新吉想。母亲背着筐，走在长满狗尾草的道路上的背影，浮现在了他的眼前。他又想起了一路小跑、跟在母亲身后的自己小时候的样子。白色的狗尾草在头顶上摇晃着，四下里充满了太阳的味道……

就在这时，他觉得碗盖上的狗尾草的穗子轻轻地摇晃了一下似的。新吉吃了一惊，揉了揉眼睛。

"呵呵呵。"

从狗尾草穗后头，发出了那小鸟一样的笑声。

"喂！"

新吉不由得冲着碗盖叫起来。

"在哪里呢？"

于是，媳妇的声音又"呵呵呵"地笑了起来。

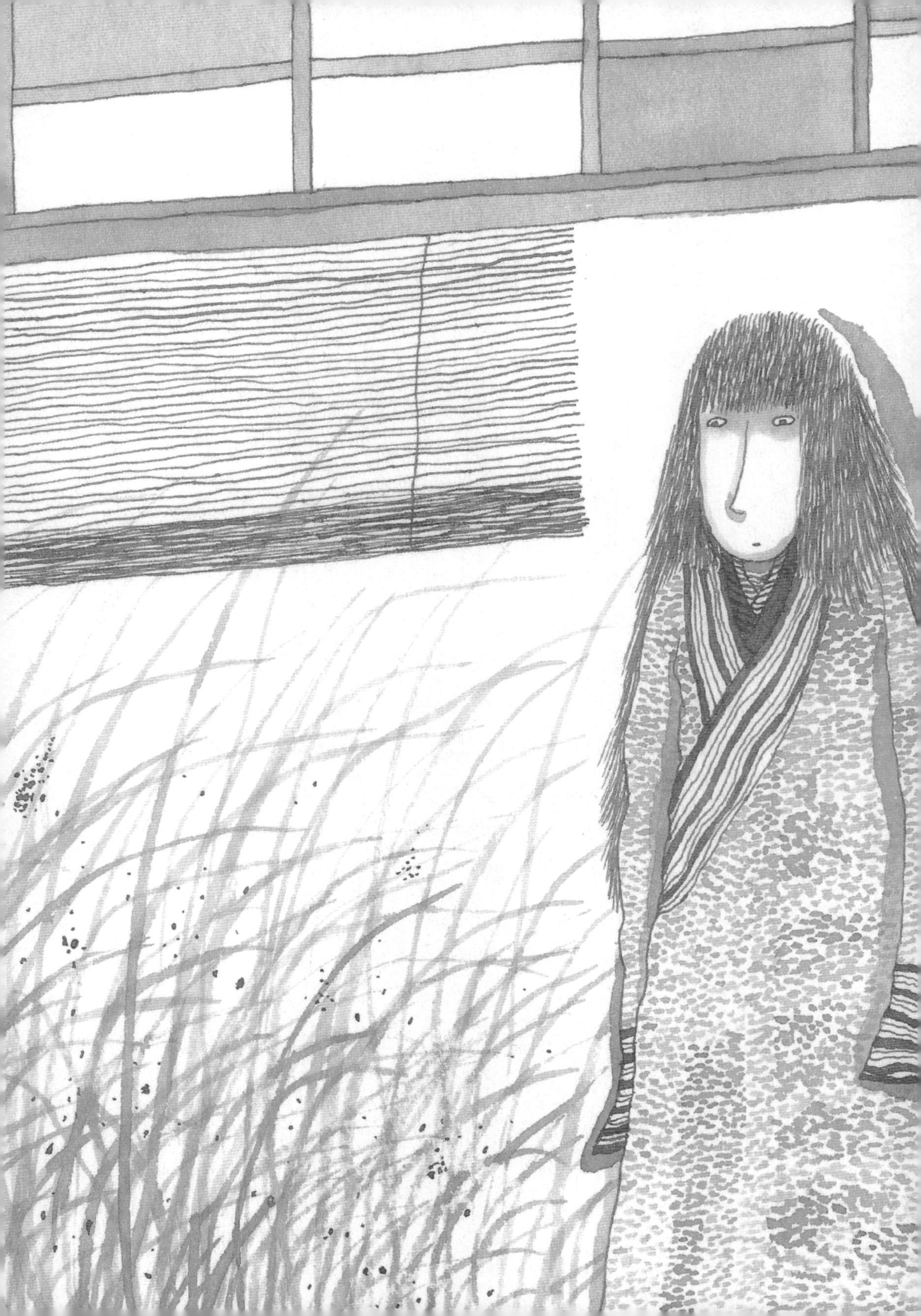

"这——里!"

确实是从狗尾草的图案的里面传来的。新吉用食指轻轻地摸了一下狗尾草。从那只手上,传来了一种毛茸茸的穗的手感。随后,就响起了风声,响起了乌鸦的叫声,吸一口气,胸腔里充满了秋天大山里的气息。

"啊啊!"

当新吉猛地摇晃了一下脑袋,闭上了眼睛的时候,他已经站在故乡的夕阳里了。一大片狗尾草在风中簌簌作响。

这一次真的是在做梦了,新吉想。一边想,一边在狗尾草的小道上走着。

那是一条走惯了的、让人怀念的小道。顺着那条小道往前走,有一条小河,有一座桥,过了桥有一堵石头墙,再爬上八级快要倒塌了的石头台阶,就应该是自己的家了。

新吉大步流星地走着。一边走,一边还不时地叫着媳妇的名字。于是,跟着就会响起"呵呵呵"的鸟一样的声音。你以为是从小道右面传过来的,可下回却是从左边传过来的。而再下一回,则是在老远的光叶榉树下面笑了。

"藏在什么地方了呢?"

新吉蹲下身子,寻找起媳妇来。他用两手扒开右边的狗尾草,朝里瞅去。只见紫色和服的边儿闪了一下。

"找到了哟!"

新吉伸过手就去抓媳妇的和服,不料和服一下子断开了,新吉的手上只剩下了

一朵紫色的桔梗花。

新吉吃了一惊,从他身后又响起了媳妇的笑声。扭头一看,路边又是一朵开着的桔梗花。

他这才发现,漫山遍野都开着桔梗花,它们的颜色和媳妇和服的颜色一模一样。花的笑声,也和媳妇的声音一模一样。

新吉大步流星地走着。

走呀走,走过小河,走过石头墙。从石头墙下面,他看见了那让人思念的自己家的屋顶。

"娘——"新吉情不自禁地要喊出来了,可又怕人笑话,憋了回去。又不是七八岁的小孩子了!离家出走,已经五年了,没给家里寄过一分钱生活费,没写过一封信,这样一个不孝之子究竟怎样开口回家呢……

一边犹豫着,一边往那八级石头台阶上爬去,破旧的小房子边上,开满了桔梗花。

(这么说起来……)

新吉想。

(桔梗是娘喜欢的花啊。俺不在的这段日子,娘一个人种了这么多的桔梗花啊……)

新吉被花迷住了。

刮风了,桔梗花一起摇曳起来,一边摇,一边笑。

呵呵呵,果然是那个声音。他好像听到屋子里也响起了笑声。新吉记起了媳妇。他急忙朝家门口跑去,"嘎吱"一声推开门一看,家里一片幽暗。穿着桔梗颜色的和服的媳妇,就笔直地站在昏暗的厨房里,瞧着这边。

那一刹那，新吉仿佛看到了桔梗的花精似的！不，的确是花精。千真万确，就是温柔而婀娜、与和服那紫色差不多的桔梗的女儿。

（原来是这样啊！）

新吉想。娘把自己最喜欢的桔梗花，作为自己的媳妇给送了过来！然后，让俺记起了大山，为了让俺好好干活儿，让俺吃了那么多山里的菜……

（真是对不起了……）

新吉一屁股坐到了门口的横框上，嘟囔道。桔梗的女儿寂寞地笑了。新吉战战兢兢地仰头看着那张苍白的脸，说：

"一起回去吧！一起回镇上去，重新做起吧！"

媳妇低下头：

"已经回不去了。我和你娘一起，要永远待在这里。你娘总是牵挂着你啊，看见蘑菇，就想让新吉吃；看见栗子，就想让新吉吃；别人送来了鲤鱼，就会说新吉喜欢吃鲜鲤鱼片。整天光这样唠叨了。所以，才会给你这个碗！才会让你成为了不起的木匠，一直到回到山里的那天，每天都能吃得上山里的美味。所以，一定要回来啊！到回来那天为止，一定要珍惜这个碗啊！"

这个碗……新吉朝下一看，不知从什么时候起，新吉已经坐到了磨坏了的榻榻米上。眼前是矮脚饭桌，那个红碗就那么开着盖子，放在矮脚饭桌上。碗盖上，线条分明地画着白色的狗尾草。抬头一看，自己正待在大杂院那昏暗的房间里。

屋子里除了他，没有一个人。

挂钟慢慢地指向了6点。

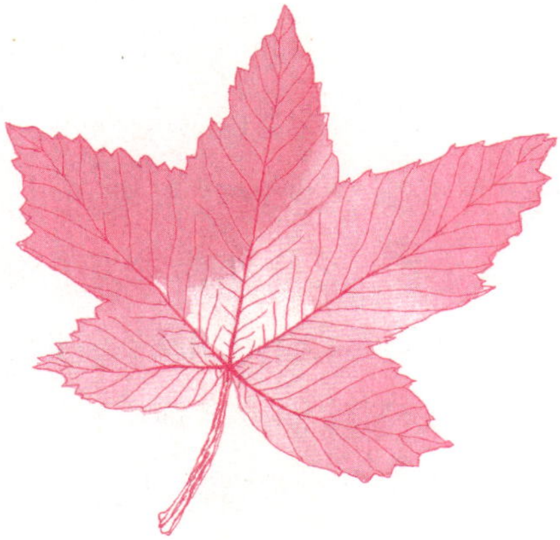

# 响板

那时候,你瞄准了,把响板打掉。
那样的话,树精就会死了。
不过,可不要连你也变成了响板的俘虏呀!
那声音,
有一种可怕的魅力啊!

那天，农夫信太戴着蓝色的帽子，走在原野上。那是出家门的时候，他那能干的媳妇给他戴上去的，一顶带细檐的布帽子。

信太的媳妇比他大三岁，非常勤劳。不过，人长得一点儿也不漂亮，更不会说温柔的话，这让信太觉得没意思。

（要是讨另外一个老婆就好了！）

信太老是这么想。

信太后背的筐子里，装着满满一筐子梅的果实，正要去镇子上卖。因为梅子多得要从筐里滚出来了，稍稍走快一点，就骨碌骨碌地掉到了地上，弯腰去捡，新的又滚了出来。这样重复了一次又一次，信太累得够呛，决定在半道上的一棵大悬铃木树下歇一口气。

信太轻轻地坐到树下，小心翼翼地卸下筐子，掏出毛巾擦起汗来。啊啊，他想，这个时候要是能喝上一口冰凉的饮料该有多好，甜的水果也行啊！然后，就靠在悬铃木树上，看着天空发起呆来了。

"咔嗒、咔嗒、咔嗒，
咔嗒、咔嗒、咔嗒。"

似乎从哪里传来了奇妙的声音。

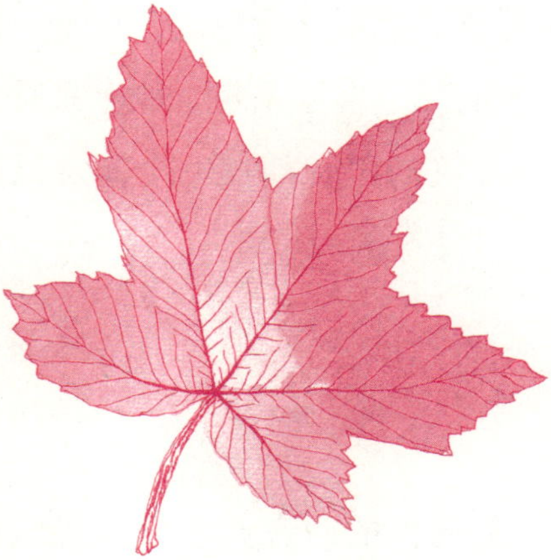
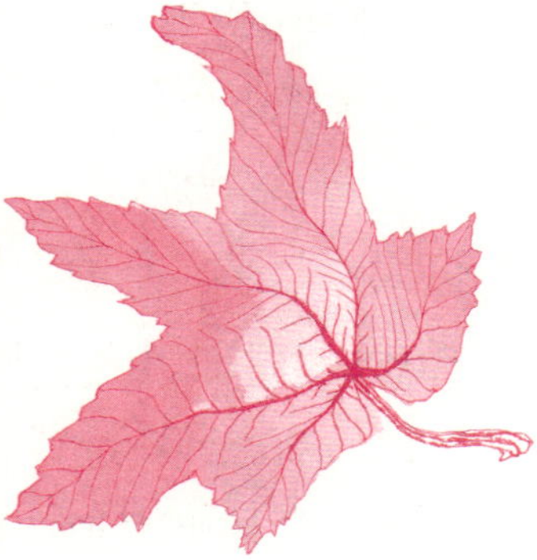
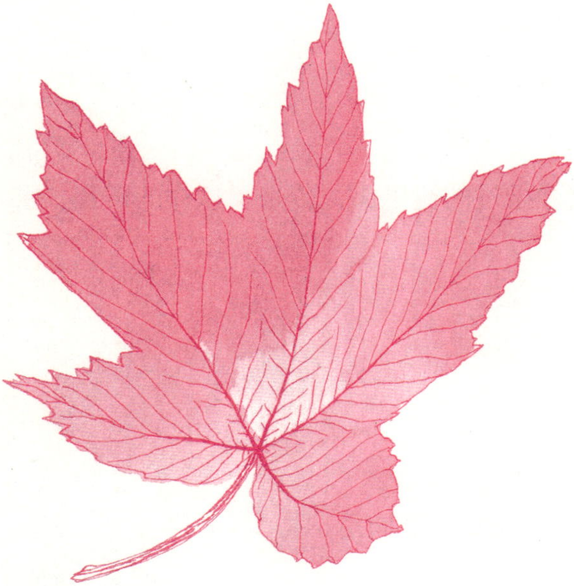

信太朝四周打量了一圈，仰头看看天，然后又瞅瞅地。可是，信太的身边没有一个人。天上只有悬铃木的叶子在摇晃着。地上只有一列长长的蚂蚁。尽管如此，那个不可思议的声音却在一个非常近的地方，响得越发清晰了。

像是砸核桃的声音。

又像是啄木鸟在敲树的声音。

"呀，那是响板！"

信太叫起来。是的，千真万确，是响板的声音。学校的音乐课上，托在手上的小小的、圆圆的乐器，发出的可爱的声音。

"谁？到底是谁呀？"

信太生气地嘟囔道。他以为是谁在嘲笑自己。信太用力敲起树干来了。

"谁呀——"

他又吼了一嗓子。

结果怎么了呢？

从刚才敲过的树里头，传来了这样的声音：

"咔嗒、咔嗒、咔嗒，
咔嗒、咔嗒、咔嗒。"

信太大吃一惊。

"啊呀，这是怎么回事……"

瞪圆眼睛想了老半天，信太才总算是反应过来了，是谁在树里头。

"哈哈，是树精吧？"

信太嘟囔道："树精敲响板自我陶醉了。"

竖起耳朵，甚至听得到和着响板跺地的声音。还不止呢，把耳朵贴到树上，好像连跳舞的人的喘息声都听得到。信太用拳头在树干上"嘭、嘭、嘭"地敲了三下。于是，从树里传出来一个年轻姑娘甜美而温柔的声音：

"喂、喂、喂。"

信太发出了干涩的声音：

"你、你是树精吗？"

只听树里的声音这样回答道：

"是的，是悬铃木姑娘，是喜欢跳舞的姑娘。我已经在树里跳了快有一百年了。不过，我跳累了，跳渴了，筐子里的水果能分给我一点吗？"

那声音嘶哑得听上去很好听，信太的心怦怦直跳。

"不、不是不能分给你一点，因为是青梅，太酸了，根本就没法这样吃。"

"那么，腌上砂糖不就行了嘛。"

树里的声音说。

"啊啊，那当然行了。腌上砂糖，那糖汁才好喝哩！"

信太表示赞成。悬铃木姑娘一边轻轻地"咔嗒、咔嗒"地敲着响板，一边说："那么，就放在这里。用你的帽子盛满放在这里。"

信太照她说的，脱下蓝帽子，在里头装上满满一帽兜梅子，轻轻地放到了树下面。

只听悬铃木姑娘说：

"回来时再顺便来一次,把帽子还给你。"

信太点点头,背上筐子又朝镇子的方向走去了。因为没有了帽子,他觉得脑袋好热啊。

信太把筐子里的梅子,全都换成了钱,用那钱喝了酒,空筐子也不知放到什么地方去了。从镇上往回走的时候,天已经黑了。悬铃木的下面,信太的蓝帽子像一朵刚刚绽开的大花似的,被丢在了那里。帽子里是空的。

(到底是怎么把里头的梅子拿走的呢?)

已经听不见响板的声音了。

树里头鸦雀无声,好像整片大森林都完全隐藏了起来似的——

"悬铃木姑娘!"

信太敲打着树干,轻轻地唤着。也许是喝了酒的关系吧,信太比刚才要活跃多了。

"悬铃木姑娘,让我听听响板吧!和我一起跳舞吧!"

这时,树里头冷不防响起了方才那个姑娘的声音:

"做好了,做好了,甜的做好了。"

信太吓了一跳。

"到底是什么做好了?"

他问。

姑娘回答说:

"砂糖腌梅子。"

信太耸了耸肩膀。哼,怎么可能呢?连半天还没过去!

不过,姑娘却欢天喜地地邀请他道:

"喂，不喝一杯梅子的糖汁吗？"

"啊、啊啊……"

信太含糊地应着的时候，树干唰地射出一道魔幻般的光线。从上到下，正好有信太的身高那么长。

信太被晃得情不自禁地闭上了眼睛，那道光，变得有一根带子那么宽了。怎么会呢，树干只有那里透明了，光就是从那里透出来的。拿着响板的白色的手，唰地从里头伸了出来。像枯枝一样细的两条胳膊，缠住了信太的身躯，轻而易举地就把他给抱了起来，一眨眼的工夫，就消失到了树里头。

那以后，树干又恢复成了原来的样子，像什么也没有发生过似的，里头又响起了响板的声音。

第二天的中午时分，信太的媳妇来到了这棵悬铃木一带。

信太媳妇穿着干活儿时穿的裙裤，系着和服的带子，长长的头发干干净净地扎在脑后。不过，脸色却有点发青。

这人到底到哪里去了呢？昨天在镇子上打架了，还是喝醉了掉到河里去啦？

从昨天晚上起，信太媳妇就这个那个地净往坏处想了，甩都甩不开，一个晚上没合眼，等着丈夫的归来。可是天亮了，日头都升起老高了，还不见人影，信太媳妇这才决定到镇上去找。到信太卖梅子的市场问一问，也许会知道他的下落。可是，来到悬铃木树这一带的时候，信太媳妇听到了一个奇妙的声音：

"咔嗒、咔嗒、咔嗒，

咔嗒、咔嗒、咔嗒。"

信太媳妇停住脚,朝四下瞅去。紧接着,她吃了一惊。悬铃木树下怎么躺着一顶眼熟的蓝帽子?信太媳妇跑了过去,禁不住叫了起来:

"信太!"

于是,也许是精神作用吧?她好像从什么地方听到了信太的笑声。

"信太,你在哪里啊?"

信太媳妇扯着嗓门叫了起来。

"在这儿哟!在这儿哟!"

从紧贴在身后的树里传来了年轻姑娘开玩笑似的声音。在那之后,又回荡起了信太的笑声。响板声震耳欲聋。还有那跺地的不可思议的声音。这一刹那,信太媳妇的脸都变白了。

(他被关在树里头了,变成树精的俘虏了……)

信太媳妇一个趔趄,当场就蹲了下来。

啊啊,这下可糟透了。不管外面的人怎么呼唤,也夺不回成了树精俘虏的人了……

信太媳妇曾经听村里的老人说过,被关到树里的人,会一边跳舞,一边朝上面升去,最后变成了在树中流淌着的蓝色树液。而树液呢,早晚有一天,也会变成郁郁葱葱的悬铃木树叶上那闪闪发光的绿色。

"你真是个傻瓜啊……"

信太媳妇敲打着树干,痛切地嘟哝道。她突然觉得信太就像自己的小儿子一样。她靠在树上,长久地哭了起来。

过了有多久呢？

草上的树影拉得很长了，黄昏的风，沙沙地摇动着悬铃木的叶子。这时，蹲着的信太媳妇的耳边，响起了一个小小的声音：

"把响板夺过来，

把响板夺过来。"

信太媳妇抬起头，然后朝四周看了一圈。

"谁？"

她问道。

又响起了"把响板夺过来"的声音，嚄呀，信太媳妇一看，肩膀上停着一只蜗牛，正一心一意地和自己搭话呢！蜗牛用枯叶滚动一般的声音，轻轻地说：

"喂，我教给你一个好主意吧！因为我已经在这里住了很久了，这棵树的事情，大部分都知道。我看你太悲伤了，就借给你一点智慧吧！你要是想救你丈夫，就要把树精的响板夺过来。因为响板就是树精的命，就和心脏一样，没有了它，树精就会死去。那样的话，你丈夫就能安然无恙地回来了！"

"安然无恙……"

信太媳妇沉思着重复了一句，然后，轻轻地晃了晃头：

"可是，怎么才能把树里的东西夺回来呢……"

蜗牛说：

"当太阳落山、月亮升起来的时候，树皮有那么一瞬间是透明的，里头可以看得一清二楚。那时候，你瞄准了，把响板打掉。那样的话，树精就会死了。不过，可不要连你也变成了响板的俘虏呀！那声音，有一种可怕的魅力啊！"

信太媳妇点点头，屏住呼吸，等待着太阳落山。

当树影慢慢地拉长了、四周开始微微地染上了一层黄昏的颜色时，信太媳妇的心到底还是怦怦地跳了起来。这时候，一定要沉住气……一边这样说给自己听，信太媳妇一边弯下腰捡起一块石头，紧紧地握在了右手里。

"咔嗒、咔嗒、咔嗒，
咔嗒、咔嗒、咔嗒。"

响板终于轻松、欢快地响了起来，听到了在树里跳舞的两个人的喧闹声。仿佛已经在一起连续不停地跳了有一百年似的，两个人的脚步声是那么的一致。

"咔嗒、咔嗒、咔嗒，
咔嗒、咔嗒、咔嗒。"

啊啊，月亮就要升起来了……就要升起来了……一边这样想着，信太媳妇一边目不转睛地盯着树。

很快，遥远的山脊上，柚子一样的月亮升了起来。于是，树干的颜色一下子变浅了。正好只有信太媳妇的身高那么长。然后，像薄薄的皮被一片接一片揭了下来似的，树干一点点透明起来，很快，从里头透射出来一股魔幻般的光。

"……"

信太媳妇不由得跑到了树边上，倒吸了一口凉气，眨巴了两下眼睛。随即，树里头就像镇上的橱窗一样看得见了。

那是一个被绿光照耀的圆圆的房间。天花板高得可怕，不，根本就没有什么天花板，一条螺旋形的楼梯朝一个无限高的空洞延伸上去。那楼梯，就像一块长长的布一样，扭转着向上伸去。

信太和一个魅幻般的女孩在楼梯下面翩翩起舞。姑娘的身上缠着一块淡绿色的布，白得透明的胳膊高高地扬着，响板的声音从手上抖落下来。

"咔嗒、咔嗒、咔嗒，
咔嗒、咔嗒、咔嗒。"

（瞄准那双手！）

信太媳妇摆好了架势，就要投石头。

可就在这时，树精犹如松鼠一般敏捷地开始朝楼梯上爬去了。信太媳妇怯阵了，"啊"地屏住了呼吸的时候，姑娘冲信太递了一个眼色。于是，信太也开始朝楼梯上爬去了。

"信太，不要往上爬！不要跟在她后面！"

信太媳妇这样叫着，情不自禁地张开双臂，自己也冲到了树里头。

啊，坏啦！

等意识到这一点的时候，已经太晚了。信太媳妇已经昏昏沉沉地站到了那像水底一样的房间里，站到了那奇怪的螺旋楼梯的下面。

那是一个高得叫人恐怖、像空心的塔一样的房间。又像是在长长的烟囱的底下。而且，"咔嗒咔嗒"，整个房间都在回响着响板的声音。

姑娘和信太，正迈着像花瓣一般轻盈的脚步，向楼梯上爬去，正渐渐地离她远去。

然而，信太媳妇可不是一个软弱的女人。她重新握紧了石头，跟在两个人的后头，往楼梯上追去。

"把响板夺过来，
把响板夺过来。"

信太媳妇像念咒语似的，不停地念着方才蜗牛的话。信太媳妇和信太之间，就差那么二十来级的距离。但她怎么追，那段间隔也不会缩短。她迎着从上头像雾一样洒下来的绿色的光，不顾一切地往楼梯上跑去。

越往上爬，绿色的光越发浓厚，简直就像是一头误入了五月的森林里似的……

是的，在这棵狭窄的树里，信太媳妇不知不觉地就嗅到了花香，听到了风吹树叶发出的沙沙声，听到了虫子翅膀振动空气的声音。此外，还有小鸟的声音……

啊啊，树里确实有一股森林的气息，有森林的声音。虽说伸手摸不到一片树叶，但越往上爬，越是有一种误入森林的感觉。

这时，有谁在信太媳妇的耳边说：

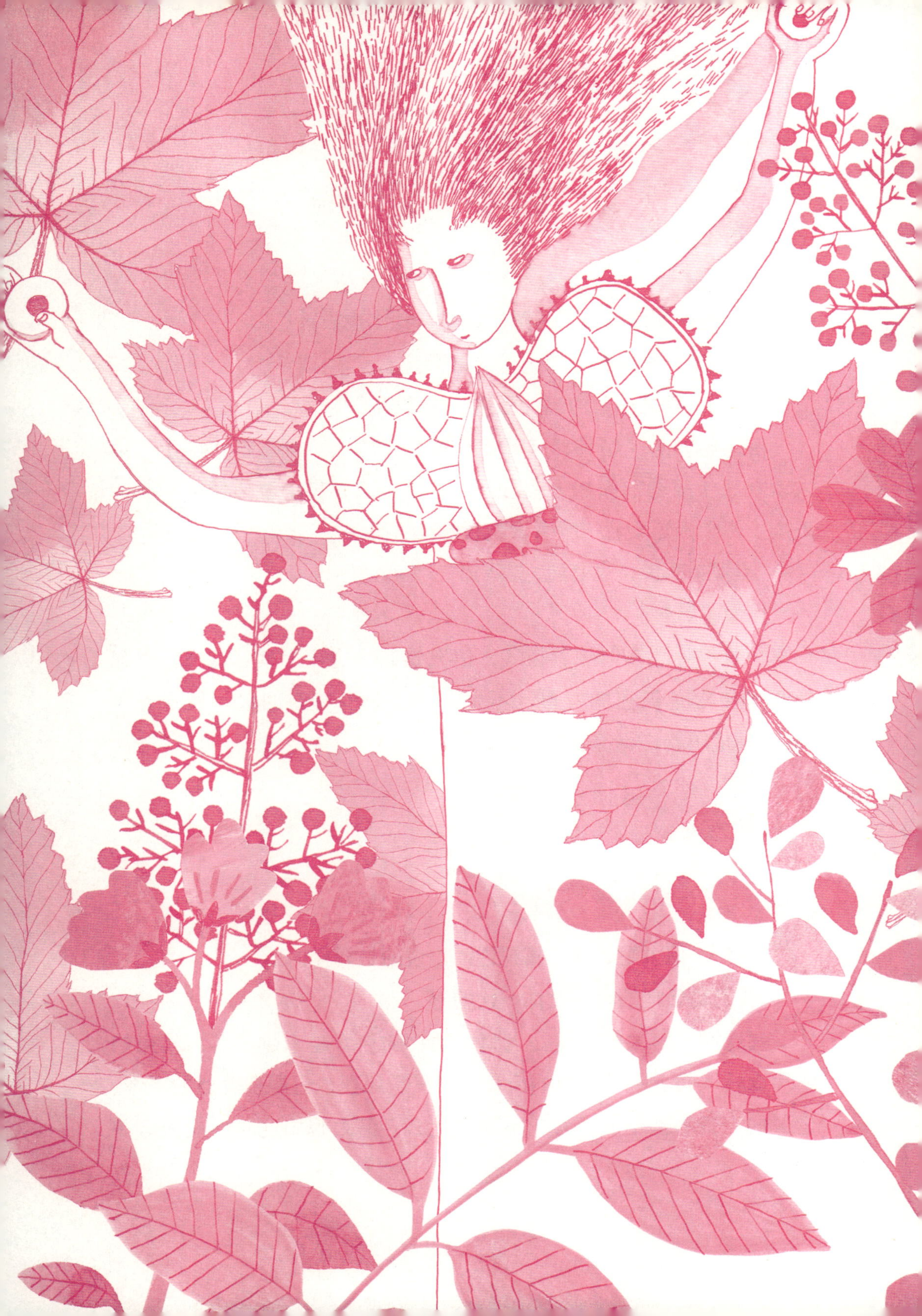

"把响板夺过来,
不要放弃希望。"


"哎?"

信太媳妇朝四周看了一圈。但是,什么也没看见。

"谁?怎么觉得有点像小鸟的声音。"

"是的,我是小鸟的魂,是你一伙的呀。"

信太媳妇来了精神,又开始往楼梯上爬去。螺旋形楼梯上,信太就在二十级的前面往上爬着。再往上一点,晃动着树精的和服的下摆。两个人嬉笑着叫嚷着。响板响彻不息。

(不管怎么说,也要追上去!)

信太媳妇想。

一边呼哧呼哧地喘着粗气,信太媳妇一边往上爬。这回,不知从哪里传来了狐狸的叫声。不是一只,至少有三四只。狐狸齐声"嗷嗷"地叫着,也说着同样的话:

"把响板夺过来,
不要放弃希望。"


"谁?"信太媳妇问。狐狸这回也说的是同样的话:

"我们是狐狸的魂,是你一伙的呀。"

就这样,信太媳妇越往上爬,动物的声音越来越多了。就宛如整片森林下起了一场暴雨的声音。不只是狐狸,还混杂着鹿的声音、老鼠的声音和猴子的声音。不知为什么,信太媳妇这时候能把这一个个声音分得那么清楚。

"把响板夺过来,
不要放弃希望。"

这声音,给了信太媳妇多大的鼓励呢?信太媳妇满身是汗,连气都喘不上来了,可只有脚还顽强地踩在楼梯上。

不久……信太媳妇就渐渐地明白过来了。这所有的声音,都是变成了悬铃木俘虏的魂的声音。从前,当这里曾经是浩瀚无边的森林的时候,那个小姑娘,就开始敲响了响板,终于把整个森林的动物全都关到了树里头——

(不过,我可不想当俘虏!)

信太媳妇十分坚强。越往上爬,越不会上那个可疑地响个不停的响板的当。

"把响板夺过来,
把响板夺过来。"

这样不停地爬了有多久呢?

突然,响板的声音一下子停止了。信太媳妇止住脚步,竖起了耳朵。于是,从上头传来了这样的声音:

"好了,歇一会儿,喝口梅子的糖汁吧!"

姑娘用温柔的声音招呼信太。但是听不到信太的回声。笑声也听不见了。信太媳妇浑身一哆嗦。

（信太昏过去了！终于败给响板了！）

啊啊，这可不得了啦。不能让信太喝那东西！那肯定是"最后的一道药"了……信太媳妇脸色苍白，往楼梯上爬去。

恰好爬了二十级的时候，迎头碰上了坐在楼梯上的姑娘和信太。信太的头躺在姑娘的膝盖上，姑娘正拿着一个倒得满满的玻璃杯要往他的嘴里灌。

"不行！不能让他喝那东西！"

信太媳妇连想也没想，就把右手上的石头朝杯子投了过去。

"嘭！"响起了一声尖厉的声音，杯子碎了。里面的水洒到了信太的脸上。四周充满了姑娘那像笛子一样的叫声。

紧接着，一瞬间树里就变得漆黑一片。

"信太！"

她叫了一声，摸索着要去救信太的时候，身体像是被石头击中了似的，突然朝后头倒了下去。然后，就骨碌骨碌地从螺旋楼梯上开始往下滚，简直就像橡皮球一样，滚了不知有几百级。不过，信太媳妇没有感到一点痛苦。在各种各样的声音喃喃细语的黑暗中，她只是如同流星一般地坠落。

"我们来救你了，我们来救你了！"

她听到了小鸟的声音。接下来，又听到了鹿的声音、猴子的声音、狐狸的声音。

"我们来救你了，我们来救你了！"

滚了有多久呢？信太媳妇突然发现，信太也跟在后头滚了下来。明明什么也看不见，但是她凭借着楼梯那不可思议的震动，就知道那是信太。跟在树精后头朝楼梯上爬的信太，这会儿正跟在她的后头朝下滚来了。

信太媳妇慢慢地平静下来了。她想，啊啊，这下就不怕了。

于是……在一片黑暗中，看到了各式各样美丽的东西。无一例外，全都是森林中的风景。是映出了种种图像、五彩缤纷的幻景。灿烂的毛茛花田、淡紫色的蝶群、在泉边喝水的白鹿、盛开的绣球花、沐浴着夕阳在草上滚来滚去的兔子母子……这些风景，像一片片碎碎的梦一样，一个接着一个浮现出来，又消失了。消失之后，一个个变成了闪光的星星。一边数着那些星星，信太媳妇一边往楼梯下滚去。

当清醒过来的时候，信太媳妇发现自己跌倒在了满天的繁星之下。是悬铃木的树根。信太也同样倒在她身边不远的地方，正傻傻地望着星星。

"你……"

信太媳妇站起来，向信太的身边跑了过去。

"你得救了呀！总算出到树外面来了呀！太好了，不是吗？要是喝了那东西，就完了呀……"

可是，这时信太已经站不起来了。信太低声呻吟道：

"跳舞跳得太过头了，腿已经不行了……"

信太媳妇吃了一惊，揉搓起信太的腿来。可那变得像棒子一样的双腿，已经不能动弹了。她长长地叹了口气，痛切地说：

"我要是把那个响板打掉就好了！那样的话，你就能安然无恙地回来了……"

信太耷拉着脑袋，嘟哝道：捡了条命，就已经算是幸福了。

两个人手拉着手，恐惧地凝视着悬铃木树。

"咔嗒、咔嗒、咔嗒，
咔嗒、咔嗒、咔嗒。"

像是在嘲笑两个人似的，响板的声音又一次响了起来。

# 花香小镇

作者 _ [日] 安房直子　　译者 _ 彭懿

产品经理 _ 吴亚雯　　装帧设计 _ 廖淑芳　　产品总监 _ 周颖琪
技术编辑 _ 顾逸飞　　责任印制 _ 刘世乐　　出品人 _ 王誉

营销团队 _ 张超、宋嘉文

## 鸣谢

王国荣　王雪

果麦
www.guomai.cn

以 微 小 的 力 量 推 动 文 明

图书在版编目（CIP）数据

花香小镇/（日）安房直子著；彭懿译. -- 上海：少年儿童出版社, 2024.9. --（安房直子经典童话）.
ISBN 978-7-5589-2022-6

Ⅰ. I313.88

中国国家版本馆 CIP 数据核字第 2024CF8930 号

著作权合同登记号　图字：09-2024-0368
HANANO NIOU MACHI
By Naoko AWA
Copyright © 1983 by Naoko AWA
First published in Japan in 1983 by IWASAKI Publishing Co., Ltd.
Traditional Chinese translation rights arranged with IWASAKI Publishing Co., Ltd.
through Japan Foreign-Rights Centre / Bardon-Chinese Media Agency

安房直子经典童话
**花香小镇**
［日］安房直子 著
彭　懿 译

俞　理 封面图
钦吟之 插　图

责任编辑　叶　蔚　　美术编辑　施喆菁
责任校对　陶立新　　技术编辑　许　辉

出版发行　上海少年儿童出版社有限公司
地址　上海市闵行区号景路 159 弄 B 座 5-6 层　邮编 201101
印刷　天津市豪迈印务有限公司
开本 710×960　1/16　印张 7　字数 64 千字
2024 年 9 月第 1 版　2024 年 9 月第 1 次印刷
ISBN 978-7-5589-2022-6 / I.5264
定价 30.00 元

版权所有　侵权必究